Editora Appris Ltda.
1.ª Edição - Copyright© 2023 dos autores
Direitos de Edição Reservados à Editora Appris Ltda.

Nenhuma parte desta obra poderá ser utilizada indevidamente, sem estar de acordo com a Lei nº 9.610/98. Se incorreções forem encontradas, serão de exclusiva responsabilidade de seus organizadores. Foi realizado o Depósito Legal na Fundação Biblioteca Nacional, de acordo com as Leis nᵒˢ 10.994, de 14/12/2004, e 12.192, de 14/01/2010.

Catalogação na Fonte
Elaborado por: Josefina A. S. Guedes
Bibliotecária CRB 9/870

B992l	Buzetto, Marco
2023	Lucy e o mistério do vestido azul : as crônicas de Ondine / Marco Buzetto. – 1. ed. – Curitiba : Appris, 2023.
	88 p. : il. ; 21 cm.
	ISBN 978-65-250-5411-7
	1. Literatura infantojuvenil. 2. Fantasia. 3. Magia. 4. Mistério. I. Título.
	CDD – 028.5

Livro de acordo com a normalização técnica da ABNT

Appris
editora

Editora e Livraria Appris Ltda.
Av. Manoel Ribas, 2265 – Mercês
Curitiba/PR – CEP: 80810-002
Tel. (41) 3156 - 4731
www.editoraappris.com.br

Printed in Brazil
Impresso no Brasil

MARCO BUZETTO

Lucy
e o mistério do vestido azul

As crônicas de Ondine

FICHA TÉCNICA

EDITORIAL	Augusto V. de A. Coelho
	Sara C. de Andrade Coelho
COMITÊ EDITORIAL	Marli Caetano
	Andréa Barbosa Gouveia - UFPR
	Edmeire C. Pereira - UFPR
	Iraneide da Silva - UFC
	Jacques de Lima Ferreira - UP
SUPERVISOR DA PRODUÇÃO	Renata Cristina Lopes Miccelli
ASSESSORIA EDITORIAL	Miriam Gomes
REVISÃO	Cristiana Leal
PRODUÇÃO EDITORIAL	Miriam Gomes
DIAGRAMAÇÃO	Maria Vitória Ribeiro Kosake
CAPA	Carlos Pereira

PREFÁCIO

> Acho que o escritor volta sempre ao território da infância, que é o território do desejo de contar história. O desejo de ver o mundo convertido numa história é absolutamente vital quer dizer, tão vital quanto comer e dormir.
>
> (Mia Couto)

Lilliân Alves Borges[1]

Escrever literatura para a infância e juventude, talvez, seja uma das tarefas que exija mais atenção e cuidado por parte do escritor e da escritora. Não porque o leitor seja "menor", não porque o escritor deva reduzir e adequar a sua linguagem ou o tema ao leitor em potencial; mas sim, porque o escritor, adulto, deve primeiramente se lembrar, buscar a criança e o jovem que foi um dia e que continua existindo dentro dele.

Para isso, o escritor precisa se despir de todos os pré-conceitos sobre o entendimento do que é infância e juventude, pré-conceitos esses que foram, até mesmo sem querer, invadindo a sua identidade enquanto adulto e dizendo, muitas vezes, que para escrever para infância, "pode ser qualquer coisa", afinal, na fase adulta, o cotidiano acelerado vai nos engolindo dentro do pragmatismo e utilitarismo da vida e, logo, os adultos vão elaborando regras, conceitos, colocando as crianças dentro de "caixinhas" e desejos que marcam o pragmatismo da vida adulta.

Assim, vamos apagando o potencial criativo e de percepção que somente elas, as crianças, nessa fase da vida, possuem; já que o adulto, diversas

---

1 Lilliân Alves Borges é Doutora em Estudos Literários pela Universidade Federal de Uberlândia (UFU). Professora Substituta da Universidade Federal do Triângulo Mineiro – UFTM-Campus Uberaba. Vice-líder do GPEA – UFU/CNPq. Idealizadora do @experiencia_literaria, dedicado à literatura e educação.

vezes, esquece que um dia foi criança, logo sua criança interior fica ali "dentro do peito", em um ninho, sem o principal alimento: a fantasia, assim, tudo é visto tão sem cor e sem espantos.

Por isso, foi tão reconfortante e animador ler o livro Lucy e o mistério do vestido azul de Marco Buzetto, pois nele, o autor respeita a infância. Temos crianças, como Lucy e Tomás, que são criativas, corajosas, inteligentes, que buscam as respostas por si mesmas. A narrativa é repleta daquilo que é mais necessário: fantasia. Fantasia para brincar, rir, mas também para sentir o mundo, reconhecê-lo e, especialmente, reconhecer a si mesmo e lidar com as dores do mundo. Afinal, a vida é feita de alegrias e também daquilo que dói, mesmo quando parece estar esquecido.

Lucy, em sua jornada do herói, busca respostas para lidar com o seu mundo e, apesar de sua sagacidade, nada melhor do que fazer isso com a ajuda de amigos, como Tomás, o seu grande companheiro nessa aventura de crescimento e amadurecimento. Juntos, eles lidam com desconfortos e confortos, encontros e desencontros, mistérios fantásticos. Eles saem mais fortes de toda essa jornada, pois entendem o lugar de onde vieram, suas histórias. É uma sensação de pertencimento. E o leitor pode sentir, durante a leitura, o coração querendo saltar do peito, pois é como se Lucy e Tomás fossem nossos vizinhos, os colegas da casa ao lado.

É para essa jornada que Marco Buzetto convida o pequeno e o grande leitor, ou seja, todos aqueles que queiram se aventurar por meio de uma leitura repleta de sabores.

SUMÁRIO

PRÓLOGO 9

CAPÍTULO 1
O MISTÉRIO DA CASA VELHA 13

CAPÍTULO 2
TOMÁS E SEU CADERNINHO 19

CAPÍTULO 3
O SUMIÇO DE BELINHA 29

CAPÍTULO 4
ISSO É ALGUM TIPO DE MÁGICA 43

CAPÍTULO 5
FUGINDO PARA O BAIRRO ESCONDIDO 49

CAPÍTULO 6
POR DENTRO DA CASA VELHA 65

CAPÍTULO 7
A CHAVE MÁGICA 75

PRÓLOGO

  Olá, meu nome é Lucy, tenho doze anos de idade e moro com minhas primas, Linda e Amanda, aqui na cidade de Ondine. Elas são legais, mas me deixam um pouco sem graça de vez em quando, como quando fiz um novo amigo na escola, o Tomás. A Amanda ficou fazendo piadinha, dizendo que eu gostava dele. Gosto nada. O Tomás é só meu amigo mesmo e pronto. Na verdade, a Linda e a Amanda não são minhas primas de verdade: são primas da minha mãe. Eu não conheci a minha mãe. Bom, eu conheci, né? Mas eu era muito pequenininha e não lembro. Minhas primas me adotaram quando meu pai desapareceu. Eu não sei bem o que aconteceu, mas estou tentando descobrir. Ah, nós temos uma gata que dorme o dia inteiro: o nome dela é Gata Raposinha. Bom, só falei para saber mesmo. Eu gosto de todo o tipo de bicho. No outro dia uma cachorrinha desapareceu, sabe? Ela saiu correndo da dona, e Tomás e eu ficamos vendo tudo e dando risada, porque a mulher não conseguia pegar a cachorrinha. No dia seguinte, ela desapareceu de vez, Tomás e eu fomos encontrá-la lá no Bairro Escondido. É bem longe, fica do outro lado da colina que separa a cidade velha da cidade nova. E lá no lado velho tem uma Casa Velha muito grande, abandonada; uma vez me disseram que uma coisa muito misteriosa aconteceu naquela casa, mas ninguém lembra ao certo. Parece que todo mundo nessa cidade perdeu a memória. Acho que tem alguma coisa a ver com a luz muito brilhante que saiu daquela casa há muito tempo. Deve ter sido uma explosão ou sei lá o quê. Mas ninguém lembra, e Tomás é o único que tem uma pista do que aconteceu, porque o pai dele escreveu num caderninho velho antes de também perder a memória. Já falei bastante de mim. Eu quero descobrir todas estas coisas misteriosas que aconteceram aqui na cidade. Quero encontrar a cachorrinha e, principalmente, saber o que aconteceu com os meus pais. Minhas primas falam que minha mãe era uma mulher muito poderosa, foi ela quem fez meu vestido azul. Eu adoro esse vestido! Ele é tão azul e brilhante, parece que está sempre novinho, novinho. Minhas primas dizem que é um vestido mágico, por isso tá sempre novo. Em resumo, espero que nos tornemos bons amigos nesta aventura.

Lucy e o mistério do vestido azul conta a história dessa garota de 12 anos de idade que mora com Linda e Amanda. Seus pais desapareceram quando ela era muito pequena. Segundo o que contam suas primas, sua mãe faleceu por complicações no parto, e seu pai desapareceu anos depois, mas a realidade não é bem essa. Lucy sente que sua vida está envolta em mistérios e pretende descobrir a verdade sobre seus pais e sobre a Casa Velha, o lugar onde morava no Bairro Escondido do outro lado da cidade de Ondine. Lucy recebeu de suas primas um vestido confeccionado por sua mãe, que dizem ter sido uma mulher muito poderosa; o vestido sempre faz com que a menina se sinta especial e cheia de coragem.

Na escola, Lucy conhece Tomás, um menino com uma mania incontrolável de escrever tudo o que vê em um caderninho que está sempre em seu bolso. Tomás quer ser jornalista, assim como seu pai, Gustav. Certo dia, em seu caderninho, aparecem anotações que ele não escreveu; anotações que revelam mistérios sobre a vida de Lucy. Todos estão ligados por uma grande história que aconteceu há 30 anos e que pode revelar a verdade sobre Pietra e Arquimedes, os pais de Lucy, e sobre o mundo de Harmonia.

Lucy e o mistério do vestido azul é uma história sobre amor à vida, sobre coragem, união e perseverança; uma trama cheia de mistério, com tantas dúvidas, tantos caminhos a tomar, tanto a saber, tanta coisa a descobrir que nos dá vontade de ajudar a garota em sua aventura descobrindo o que acontece a cada página, um mistério após o outro com um final cheio de

Capítulo 1

O MISTÉRIO DA CASA VELHA

Esta é a história de uma garota comum como todas as outras, igual a todas as crianças e adolescentes de qualquer parte do mundo. Claro, ela tem algumas diferenças, como todos. De repente, não é tão igual assim, só em alguns detalhes. Lucy é seu nome, e ela tem doze anos de idade. Viu só? Muitas meninas se chamam Lucy, e aposto que muitas delas têm doze anos. É uma garota igual a todas as garotas de doze anos que se chamam Lucy. Parte de sua infância é um grande mistério, pois ela não se lembra de nada antes de seus doze anos. Não se lembra muito bem da casa onde morava, nem do que fazia naquela época de sua breve vida.

Bem, talvez ela não seja assim tão igual a todas as crianças, não é verdade? A maioria das pessoas se lembra de muitas coisas de quando eram crianças. Lembram-se de brincar, de correr e de ir à escola. Lembram-se de seus amigos e de sua família, até de um cachorro, gato ou passarinho. Mas não era o caso de Lucy. Ela realmente não se lembra de nada. Tudo o que ela sabe, aos doze anos de idade, é que mora com suas primas mais velhas. Outra coisa que sabe muito bem é que não sabe quase nada de seus pais e que sua velha casa está completamente abandonada lá no Bairro Escondido, do outro lado da cidade, na parte velha onde quase mais ninguém mora. Tudo o que sabemos até agora sobre Lucy é o seguinte:

Sua mãe, Pietra, morreu no dia do **sétimo aniversário** de Lucy de forma muito misteriosa: foi encontrada dentro de um carro abandonado na estrada da saída da cidade, no **Bairro Escondido**; não havia nenhum sinal de violência. Seu corpo estava intacto, parecendo ter morrido por causa natural ou como se estivesse apenas dormindo um sono muito pesado, igual a quando estamos muito cansados. Disseram que nada foi encontrado, nenhum veneno, nenhuma marca ou ferimento. Seu coração havia parado e pronto.

Ninguém sabia o que Pietra fazia naquela parte, no Bairro Escondido, nem de quem era o carro, que não tinha nenhum registro atualizado e tinha sido dado como roubado havia mais de vinte anos; mas o carro roubado não é importante nesta história. Em uma das mãos de Pietra, estava um prendedor de cabelo de cristal, o qual ela parecia segurar com toda a força do mundo, como se tivesse muito medo de que caísse em mãos erradas.

O Bairro Escondido tem esse nome por ficar no lado leste da cidade de Ondine, que é dividida por uma colina: de um lado fica o Bairro Escondido, do outro, todos os outros bairros da cidade. O Bairro Escondido é a parte mais velha da cidade de Ondine, onde existe a primeira casa construída na região, há cerca de 199 anos a partir do começo desta história. Nessa casa velha, a primeira a ser construída em Ondine quando a cidade nem tinha nome ainda, com inúmeros quartos e dois andares, havia um mistério que explicava o isolamento do Bairro Escondido e o crescimento da cidade de Ondine para o outro lado da colina. Os pouquíssimos netos ainda vivos dos primeiros moradores da cidade que se mudaram para lá aos poucos contam, em sua curta memória, que certa noite houve uma grande explosão na casa. Essa explosão não causou incêndio nem criou fumaça, nenhuma prova de que algo tivesse pegado fogo, mas causou uma luz extremamente forte, tão brilhante que clareou toda a cidade tornando a noite tão clara como a luz do sol do meio-dia. Não foi só a luz que chamou a atenção de todos: também teve o barulho, tão alto como a força de mil trovões ao mesmo tempo.

As poucas pessoas que se lembram das histórias contadas por seus pais e avós dizem que os moradores dessa parte antiga da cidade de Ondine correram o mais rápido possível para ver o que havia acontecido e ajudar quem estivesse na casa ou próximo a ela. Porém, quando derrubaram a porta da entrada, deram de cara com uma casa totalmente vazia, sem nenhuma mobília, sem utensílios de cozinha, sem camas, sem quadros ou espelhos na parede, sem armários e nada, absolutamente nada que lembrasse que ali um dia tivessem morado pessoas. O mais curioso é que, assim que os curiosos e preocupados saíram de dentro da casa, a lembrança do que havia acontecido e o pouco que sabiam dos moradores daquele lugar desapareceram. No jardim, os vizinhos olhavam uns para os outros sem saber o que faziam ali àquela hora da noite. Tudo se tornou um grande mistério que ninguém sabe explicar.

A mudança dos filhos e netos dos moradores do Bairro Escondido para o lado oeste da cidade de Ondine foi bastante natural, pois o desenvolvimento das indústrias e do comércio por ali parecia fazer mais sentido, recebendo maiores investimentos de grandes empresários e pessoas interessadas em abrir seus próprios negócios. Cinemas, cafés, bares, supermercados, bibliotecas, escolas, tudo se desenvolveu mais rápido daquele lado da colina. Aos poucos, o Bairro Escondido se tornou um lugar quieto, quase desabitado, onde poucas pessoas ainda viviam. Mas estava sempre ali, com seu mistério e suas poucas lembranças.

Sobre aquela casa esquecida e esquisita, a Casa Velha como passou a ser chamada, existia um detalhe que ninguém havia percebido, pois também havia caído no esquecimento pouco tempo depois de toda aquela luz e barulho e confusão: um garoto metido a jornalista investigativo havia escrito algumas coisas sobre a casa por um bom tempo. Na verdade, escreveu sobre tudo o que achava curioso sobre todas as coisas. Ele escrevia sobre as brigas de passarinhos por comida que observava e narrava como se fossem lutas de boxe, escrevia sobre árvores que cresciam inclinadas por causa do vento e escrevia sobre a rotina de vida das pessoas que observava indo e vindo do trabalho, ou das donas de casa que fofocavam nas janelas ou gritavam umas para as outras de dentro de suas casas ou em frente seus portões. Então, como era de se esperar, Gustav, o garoto metido a jornalista, escrevera também parte do que via sobre os moradores da Casa Velha, pois sempre passava perto daquela casa misteriosa. Na noite da explosão de luz, Gustav acordou com o barulho bem alto e pôs-se a correr como o vento, com seu caderninho e sua caneta em mãos; mas ele não estava sozinho, claro. Correu com seu pai que também se assustou com o barulho e o clarão que iluminou toda a cidade. Gustav anotou tudo o que viu; contudo, ele não entrou na casa, pois os policiais não o deixaram chegar muito perto, apesar de isso não tê-lo impedido de continuar escrevendo naquele momento e sobre como a casa se parecia por dentro, baseando suas palavras na fala rápida de quem entrou e saiu. Ouvia os adultos falando, os policiais, os curiosos e criava sua própria versão do que poderia ter acontecido. Um estouro? Um acidente? Alguma coisa caindo do céu direto sobre o grande telhado da casa? Uma bomba? Uma experiência científica que não deu certo e acabou explodindo tudo? Onde estavam as pessoas? Cadê os moradores, os móveis, os pratos e copos e sapatos na porta?

Gustav colheu um pouco de informação durante toda a agitação da noite até o sol nascer, pois havia muita gente na rua ainda no final da madrugada, quando tudo havia acontecido. Perto da hora do almoço, parecia que ninguém se lembrava de mais nada: nem da luz que ofuscou os olhos de todo mundo, nem do barulho ensurdecedor, nem da casa, nem das pessoas. Gustav também deu o caso por encerrado sem ao menos encontrar uma explicação. Apenas escreveu no fim da página:

> *Não consigo me lembrar do que aconteceu e já não sei mais se esta história foi real ou um sonho meu. Mas ainda me lembro do barulho e do clarão, reais ou não.* – Gustav G., 1/1/1977

O mais espantoso era outra nota escrita em seu caderninho, mas não com sua letra. A caligrafia de Gustav não era das melhores, ainda mais escrevendo tudo muito rápido para não perder nenhum detalhe enquanto corria. A letra dessa outra nota — que estava abaixo da dele — era mais arredondada, escrita com mais calma; parecia letra de menina caprichosa, segundo ele. Estava escrito assim:

> *Tudo aconteceu muito rápido. Minha irmã estava na cozinha fazendo o jantar e meu pai estava na sala conversando com um homem que eu nunca vi aqui em casa ou na rua com ele. Eu estava em meu quarto, mas pude ouvir um tipo de discussão e um grito muito alto da minha irmã. Depois disso aconteceu aquele clarão, aquela luz que tomou conta da casa inteira e fez tremer as paredes.*

Essa nota deixava Gustav de cabelo arrepiado sempre que a lia. De quem seria aquela letra? Quem escrevera aquelas palavras em suas páginas? Quando, se em nenhum momento ele deixava o caderno de lado? Perguntou ao seu pai, à sua mãe e a todos os seus conhecidos se haviam pegado seu caderninho e escrito alguma coisa nele, mas ninguém nunca havia mexido em suas coisas, ainda mais nesse caderninho que ele sempre carregava em seus bolsos como seu bem mais valioso. Ninguém sabia o que estava escrito nele, quanto mais tê-lo pegado sem que Gustav soubesse; isso deixava tudo ainda mais misterioso. Uma caligrafia totalmente diferente da de Gustav escrita em seu caderninho e sem assinatura sobre o que aconteceu naquela noite da qual ninguém se lembrava.

— O que isso quer dizer? — se perguntava ele sempre que punha os olhos naquele pequeno texto.

Logo após as duas notas escritas, mais histórias e registros do dia a dia de pessoas comuns, sem muito com o que se empolgar, nada tão misterioso. Fofocas, cachorros feito loucos brincando e correndo uns atrás dos outros pelas ruas e o movimento comum de pessoas indo e vindo de seus trabalhos e suas casas. Aos poucos, toda a história havia ido embora, e Gustav voltava à sua rotina normal..., mas o mistério sempre vinha à sua cabeça quando relia seu caderno e as anotações, fossem dele ou não.

Capítulo 2

TOMÁS E SEU CADERNINHO

Oi, meu nome é Lucy, tenho doze anos e sou essa garota meio bagunçada que você está vendo. Eu moro com minhas primas, Linda e Amanda — que são primas da minha mãe, na verdade. Não é uma casa muito grande, mas cada uma de nós tem seu quarto, e a gente se diverte muito por aqui. A casa sempre está cheia de gente, amigos e amigas das minhas primas e alguns amigos meus da escola. Tudo cheira a festa do pijama e bolo de chocolate, ou de cenoura com chocolate, que é meu preferido. Você vai gostar daqui, eu acho.

O quarto de Lucy não era como o quarto de uma menina pré-adolescente comum, superprotegida e comportada. Lucy não conseguia deixar a cama arrumada e parecia não saber a diferença entre o monte de roupa suja e a gaveta de roupas limpas. Vestia-se do jeito que queria sem se importar com as tendências, normalmente com um par de tênis sujos, uma calça velha e camiseta. Completamente desmazelada, é o que diriam. Gostava de tomar banho e demorava muito no chuveiro, cantando e lavando seus cabelos pretos que chegavam à altura do queixo; só saía do banheiro depois de duas ou três vezes que suas primas batiam na porta.

— Tá tudo bem aí dentro? — Tem mais gente querendo usar o banheiro, sabia? — gritavam suas primas do lado de fora.

Esta história começa em meados dos anos de 1990. A moda está se redescobrindo, as pessoas tentando viver suas vidas depois de conflitos entre países grandes e pequenos, a economia se reorganizando, o cinema, a música e a arte em geral ganhando prestígio; bom, menos do que deveriam, mas estavam se reerguendo.

Muita coisa legal ficando para trás, porque, aparentemente, ninguém mais tem tempo para o lazer. Todos querem se divertir e dizem que estão se divertindo, com suas poucas horas de descanso nos finais de semana, mas, no geral, a vida é corrida e cansativa para todo mundo.

Linda é a prima mais velha, professora de ensino básico na escola Pequeno Sábio, que fica no final da Rua Sombria, onde moram Amanda, Lucy e ela.

— Ah, espera aí — disse Lucy à narradora, interrompendo a história. Diga aos leitores que a Rua Sombria tem esse nome, mas não é sombria de verdade, tá?

— É verdade, Lucy. Obrigada por me lembrar! — respondeu a narradora com uma leve risada.

Como bem me lembrou nossa protagonista, a Rua Sombria, onde Lucy e suas primas moram, não era diferente de tantas outras ruas em tantas outras cidades do mundo. Apesar do nome, a Rua Sombria de sombria não tinha nada. Estava sempre agitada, iluminada com luzes coloridas, lanternas de papel e arame pendurados nos quintais das casas, sempre prontas para o próximo dia de festa ou almoço em família, ou só para deixar tudo mais bonito mesmo.

— Eu era muito pequena quando vim morar com minhas primas — contava a menina Lucy a duas amigas da escola que foram até a sua casa depois da aula para fazerem um trabalho de História. — Só sei que gosto muito de morar aqui. Eu até dei um apelido para esta casa: FAROL, porque à noite parece um farol, fica muito iluminada e daqui de cima eu vejo praticamente toda a cidade. Moramos no topo da colina. Olhem lá! Estão vendo? Dá pra ver o centro da cidade até o outro lado.

Farol. Muito bem pensado. Bom apelido para uma casa tão iluminada e que fica na parte mais alta da cidade. Ela parecia ter sido construída em um ponto estratégico, no alto de uma colina, onde era vista por todos e de onde se podia ver quase tudo, menos o lado leste da cidade, uma porção pequena de terra dividida por outra colina. Para chegar lá, era preciso pegar a rua principal até o fim, depois mais duas ruas até chegar ao Bairro Escondido. Esse era o nome do lugar:

Bairro Escondido, pois ficava um pouco distante do resto da cidade e era a parte mais isolada. Hoje em dia, quase ninguém vai até lá, pois não tem nada para se fazer.

— Tenho poucas lembranças de minha mãe. Nada além de uma foto em um porta-retratos na sala junto de tantas outras fotos minhas e de minhas primas. Sinceramente, sempre que penso em minha mãe, só consigo me lembrar dessa foto e de imagens rápidas que passam pela minha cabeça que nem sei se são reais ou imaginação, como eu gostaria que tivesse sido ou sei lá — contava Lucy às amigas.

Elas haviam perguntado sobre seu passado, o porquê de Lucy morar com as primas, e não com seus pais ou avós.

— Linda e Amanda não me contam muita coisa. Já me disseram várias vezes que minha mãe morreu ao me dar à luz, por causa de uma complicação no parto, alguma coisa assim que eu não entendo muito bem. Ela não podia fazer um parto natural, pois os médicos disseram que poderia ser arriscado para mim. Às vezes tenho algumas lembranças, mas acho que são memórias que minha mente cria a partir de histórias que minhas primas contam sobre minha mãe. Sempre que pergunto alguma coisa diferente, elas contam essa mesma história e afirmam que minha mãe era uma mulher muito legal. Ela devia ser mesmo, porque minhas primas falam muito bem dela sempre que eu pergunto.

— E seu pai, Lucy? — perguntou uma das amigas.

— Bem, do meu pai eu não sei nada, mas acho que ele está vivo; senão minhas primas teriam alguma história para me contar sobre ele. Uma vez perguntei, e elas disseram que, quando minha mãe estava viva, os dois se davam muito bem e que sempre se amaram muito. Depois que minha mãe morreu, ninguém nunca mais viu meu pai, e minhas primas cuidam de mim desde então.

— E você não tem vontade de descobrir sobre seu pai, se ele está vivo, quem é ele e o que faz? — questionou uma das meninas.

— É, Lucy. De repente, seu pai sabe alguma coisa da sua mãe — disse outra.

— Um dia descubro, eu acho. Seria legal saber mais sobre minha mãe e conhecer meu pai — respondeu ela. — O que acham de comermos uns bolinhos e continuarmos o trabalho de História? — falou mudando de assunto.

Depois da escola, Lucy ia direto para casa, nunca parava em lugar nenhum. Ia para casa e almoçava com suas primas, que faziam o horário de almoço bem ali, porque seus trabalhos eram bem perto de casa. Então, todas almoçavam juntas. Foi em um desses momentos que Lucy disse que conhecera um novo colega na escola. Suas primas acharam graça e brincaram com a menina.

— Hum... um coleguinha na escola, é? E ele é bonitinho? — perguntou Linda fazendo gracinha.

— Deve ser um amiguinho especial, hein? — disse Amanda.

— Não é nada disso! — respondeu Lucy com a testa franzida. — É só um menino que eu conheci hoje. Todo mundo o conheceu hoje. Ele era de outra escola e foi transferido, só isso.

Percebendo que Lucy não havia gostado da brincadeira, suas primas pediram desculpas e continuaram a conversar sobre o novo estudante.

— Seu novo colega de sala tem nome, Lucynha? — indagou Amanda.

— Meu nome não é Lucynha! — exclamou ela. — E o nome dele é Tomás.

— Olha que nome legal! — disse Linda. — Tomás. Parece nome de gente importante.

— Talvez ele seja um menino que fará muita coisa legal na vida — respondeu Amanda.

— É só um nome — completou Lucy. — Nossa! É só o nome do menino. Todo mundo tem um nome, não tem? Então! Ele é legal. A professora pediu que se sentasse na carteira ao meu lado na segunda fileira, mas ele se sentou perto da janela e ficou olhando lá pra fora como se estivesse procurando alguma coisa, aí escreveu num caderninho pequeno que guardou no bolso.

— Olha só que legal! Será que ele é um espião? — perguntou Amanda enquanto comia sua salada de cenoura e beterraba.

— Será que está espionando a vida de alguém? — continuou Linda, entrando na brincadeira. — De repente, ele é um espião que trabalha para o governo.

— Ele é só um menino que fica olhando pela janela — respondeu Lucy. — Acho que não é espião, não. Só fica lá com cara de bobo olhando e escrevendo. Agora chega, vai. Parem de falar dele.

No dia seguinte, Linda e Amanda levaram Lucy à escola como sempre faziam. Disseram para ela não esquecer o lanche no carro de novo e desejaram uma ótima aula.

— Aprenda tudo o que puder aprender hoje — disse Linda.

— Tá bom. Dá pra aprender muita coisa em um dia, né? — respondeu Lucy.

— Preste atenção em tudo e não converse com pessoas estranhas. Se alguém que você não conhece te der alguma coisa para comer ou beber, não aceite — aconselhou Amanda.

— Tá bom. Eu sei!

— Só isso, Amanda? — perguntou Linda.

— O que mais? Quer que ela saia correndo se alguém cumprimentar ela também?

— E se uma nave espacial pousar aqui no jardim da escola? Já imaginou? — falou Linda.

— Vocês são estranhas — respondeu Lucy ao sair do carro.

— Tchau, Lucy!

— Tchau, querida! Boa aula!

— Você tem sempre que fazer esse drama todo, Amanda? — perguntou Linda voltando a dirigir.

— Ué, drama nada. Só falei para ela ter cuidado.

— Mas não vai acontecer nada na escola, né? Ela está bem e sabe se cuidar. Não vai aparecer nenhum maluco aqui, nem o monstro do armário, nem uma nave espacial com um ET cabeçudo, nem com cabeça normal nem cinza, nem verde, nem nada. Você está assustando a menina, isso sim — completou Linda.

— Não assustei nada. Só disse para ter cuidado, só isso. E fique sabendo que, se um dia aparecer um ET aqui, vou falar para ele levar você para o planeta dele sem passagem de volta — disse Amanda.

Já na sala de aula, a professora dá bom-dia aos alunos e começa a chamada.

— Professora, a senhora esqueceu de falar o nome do Tomás — disse Lucy.

— Não esqueci, não, Lucy. É que o Tomás chegou ontem, lembra? E a secretaria aqui da escola ainda não adicionou o nome dele à lista, mas acho que até amanhã já estará tudo certo — respondeu a professora e continuou: — Tomás, seu número será o 23, está bem?

— Sim, professora — respondeu ele anotando em seu caderno de escola.

— Boa ideia! Agora, todo mundo com lápis na mão para terminarmos os exercícios de ontem.

No momento em que a professora disse isso, os alunos começaram a reclamar da lição como sempre faziam, mas isso é muito comum em toda escola e em todas as salas de aula. Sempre reclamam por ter de fazer lição.

— Parem, parem, parem! Vamos lá! Hora de estudar — continuou a professora.

Enquanto ela pedia silêncio e atenção aos alunos que reclamavam, Tomás olhou para Lucy e, com um aceno de cabeça, agradeceu por lembrar seu nome na hora da chamada da professora. Os dois deram risada da bagunça e começaram suas tarefas. No recreio, sentaram-se à mesma mesa no refeitório para comerem seus lanches.

— Aquilo que você fez foi bem legal. Obrigado! — disse Tomás, agradecendo pessoalmente sobre a coisa do seu nome na chamada.

— Ah, não precisa agradecer. Quando eu me mudei para esta escola, fiquei uma semana sem meu nome na chamada. A professora falou a mesma coisa: que a secretaria não tinha atualizado a lista de chamada e blá, blá, blá. Demorou um monte de tempo. Então é bom lembrar a ela, né? — respondeu a garota.

— Bom, se isso acontecer, sinceramente não vai mudar nada, pois vou continuar vindo à escola de qualquer jeito. Se eu pudesse ficar a semana toda em casa, já que meu nome não está na lista....

— Acho que não vão deixar — respondeu Lucy dando risada.
— Você não é daqui, né?

— Na verdade, sou sim. Nascido e criado. Minha família toda é daqui de Ondine. Meus avós e bisavós são da parte velha da cidade, lá do Bairro Escondido; meu pai e eu fomos criados deste outro lado. Se bem que eu acho que meu pai nasceu do lado de lá também e se mudou para essa parte nova da cidade quando ainda era pequeno.

— E esse seu caderninho? Ontem eu vi que você fica escrevendo um monte de coisa nele, mas não é o caderno de lição da escola, né?

— É meu caderninho de anotação. Eu sempre tenho um comigo. Fico anotando o que acho interessante.

— Então é um diário?

— Não é um diário! — exclamou Tomás, se sentindo um pouco constrangido. — Bom, acho que não. É só um caderninho mesmo.

— Ah, tá tudo bem se for um diário. Eu também tenho um.

— Não é um diário. É um caderninho.

Tomás e Lucy estavam descobrindo um no outro uma amizade sem igual que traria muitas coisas boas no futuro, a começar com a investigação de um desaparecimento. Mas isso a gente deixa para o próximo capítulo.

Quando Tomás respondeu à pergunta de Lucy dizendo que seu pai e ele eram deste lado da cidade de Ondine, a menina não acreditou, pois nunca o vira por estes lados. Ondine não é uma cidade muito grande, então, provavelmente uma hora ou outra ela o teria visto, ainda mais ela tendo estudado em três escolas espalhadas pela cidade. Em alguma delas, imaginou Lucy, teria visto esse garoto e seu caderninho. Bom, pode ser falta de atenção também. Afinal, ninguém conhece todo mundo, não é verdade?

Já em casa, a conversa na mesa de jantar com suas primas acontecia assim:

— Eu não acredito que você comprou essa ração de novo para a Gata Raposinha, Amanda! Você sabe que ela não pode comer qualquer coisa.

— Comprei por engano. A vendedora disse que é igual à outra e que não faz mal.

— Não faz mal? Olha pra ela. Está com cara de quem está bem? — retrucou Linda. — Acabou de vomitar aquela coisa ali.

— Eeeeca!

— *Eca* mesmo, Lucy. Muito *eca!* E é tudo culpa da Amanda que comprou essa coisa aí para a Raposinha comer. Vai saber do que é feita essa ração, credo.

— Calma, Linda. Nossa! Ela só vomitou. Não está morrendo ou coisa pior — respondeu Amanda.

— Coisa pior? O que pode ser pior do que morrer? — perguntou Lucy com as sobrancelhas erguidas e o garfo de comida enfiado na boca.

— Tira logo essa porcaria de ração daqui, Amanda. Não quero nem olhar pra isso. E pega o dinheiro de volta naquela loja. Eles quase mataram minha Raposinha. Que horror! Que horror, meu deus! Que horror! — dizia Linda aos prantos, parecendo exagerada, mas cheia de preocupação enquanto abraçava sua gata.

— Hoje eu falei com o Tomás de novo lá na escola. A professora esqueceu de chamar o nome dele na lista e eu a lembrei. Depois sentamos juntos na hora do intervalo para comer e ficamos conversando. Ele é legal. Tem a minha idade, eu acho. É, tem cara de ter uns doze anos. Ele fica escrevendo naquele caderninho e falou que não é um diário, mas tá na cara que é um diário igual àquele que eu tenho lá no meu quarto — falava Lucy.

— Você tem um diário? — perguntou Amanda, arregalando os olhos.

— Não! — exclamou.

— Mas você disse...

— Eu disse que o Tomás tem um diário — respondeu Lucy dando uma golada em seu suco de uva.

— Deixa ela em paz, Amanda — disse Linda. — Toma cuidado com essa garota, hein, Lucy! É capaz de te dar a ração venenosa que deu para a Raposinha... coitadinha da Raposinha.

— Ah, não fala besteira, Linda — retrucou Amanda. — Anda, me conta. O que você e seu amigo conversaram na escola? Ele é daqui da cidade?

— Ele disse que sim. Ele e o pai. Mas eu não lembro dele de lugar nenhum.

— De repente, é do outro lado da cidade, lá do Bairro Escondido — disse Linda.

— É, ele falou que os avós dele são de lá, mas que ele e o pai são daqui, ou o pai dele era de lá e ele nasceu aqui. Uma coisa assim.

— E qual é o nome do pai dele? Você perguntou? — indagou Amanda.

— Ai, Amanda, virou investigadora agora? Eles só conversaram na hora do recreio e pronto. Ela não está escrevendo um livro da vida do menino — disse Linda.

— Eu perguntei sim. Acho que é Gustav.

Quando ouviram Lucy dizer esse nome, suas primas se olharam com os olhos arregalados, como se tivessem visto um fantasma. Sentiram um arrepio forte na espinha e não sabiam o que dizer. Linda abraçou tão forte a Gata Raposinha que a pobrezinha deu um miado de socorro. Não podia ser a mesma pessoa. Não podia ser o mesmo Gustav. Seria ele?

Capítulo 3

O SUMIÇO DE BELINHA

A amizade entre Lucy e Tomás crescia a cada dia. Eles gostavam de passar o dia juntos na escola e se encontravam na casa de um ou do outro depois da aula. Certo dia, Tomás chegou à escola, procurou Lucy e não a encontrou. Ela não estava em sua mesa na sala de aula, e nenhuma de suas amigas a tinha visto naquela manhã. Tomás ficou preocupado, pois, no dia anterior, os dois haviam tomado sorvete juntos perto da casa de Lucy, e ela não dissera nada sobre faltar à escola.

Hoje a Lucy não veio à aula. Passamos a tarde juntos ontem vendo o que acontecia na cidade, e eu anotei umas coisas aqui. Ela até viu uma cachorrinha correndo feito doida pela rua e a dona correndo atrás gritando seu nome. Deve ter conseguido pegá-la. Tomara! A rua não é um bom lugar para um animalzinho de estimação ficar sozinho. Pode ser perigoso. Depois da aula vou até a casa da Lucy ver o que aconteceu. Espero que ela esteja bem. – Tomás.

Tomás escreveu essa nota em seu caderninho e ficou pensando em tudo o que poderia ter acontecido com Lucy. Certamente ela estava bem. Deve ter tido uma dor de barriga ou perdera a hora. Isso acontece com todo mundo.

— Oi, Lucy!

— Tomás. Oi! Tudo bem?

— Sim, comigo sim. Você que não foi à aula hoje e eu fiquei preocupado. Ninguém sabia de você na escola.

— Ah, eu fui dormir tarde ontem, acabei perdendo hora, e minhas primas me deixaram ficar em casa.

— Que bom que está tudo bem, então! Eu trouxe a lição que fizemos hoje para você copiar se quiser e não ficar com a matéria atrasada.

— Obrigada, Tomás! Vou copiar sim e te devolvo na segunda-feira lá na escola. Não quer saber por que fiquei acordada até tarde e perdi hora?

— Sim, o que aconteceu?

— Sabe a cachorrinha que vimos ontem à tarde, aquela que estava correndo e a dona atrás?

— Sim, lembro bem. Foi muito engraçado.

— Então, a cachorrinha sumiu.

— Sumiu? Mas nós vimos a dona pegando ela na rua. Se bem que aquela cachorrinha corria muito rápido mesmo. Eu não teria conseguido.

— Pois é! A dona deve ter deixado ela escapar de novo à noite. Aí hoje minha prima Linda chegou em casa e deixou este anúncio lá na mesa da cozinha. Olha, tá dizendo que ela está desaparecida.

PROCURA-SE CACHORRA DESAPARECIDA

Atende pelo nome de Belinha.

É vira-lata, está de coleira vermelha.

Desapareceu durante a noite de ontem (20/2).

Caso tenha visto ou saiba onde ela está,
favor ligar para o número abaixo.

Pago recompensa.

Luísa — (00) 91234-1234

Bom, era verdade. Os dois viram a cachorrinha voltando para casa no colo de sua dona na tarde anterior. Parecia em segurança. Se fugira ou alguém a raptara durante à noite, isso deixou sua dona tão preocupada que saiu colando esse anúncio em todos os postes da cidade de Ondine. Tomás até tinha escrito em seu caderninho sobre o que vira, e deram muita risada da cena: a dona corria para um lado, a cachorrinha para outro, entrava debaixo de carros estacionados e, quando a dona se abaixava para pegá-la, ela disparava novamente para outro lado. Agora, pelo jeito, fugira de verdade. Talvez não a tratasse bem, e ela quis ir embora, ou alguém a sequestrou.

— Tomás, temos que encontrar a Belinha. A gente viu a cachorrinha, conhecemos ela. A gente pode encontrá-la — disse Lucy empolgada com a ideia e com o enigma que se iniciava.

— Sair por aí atrás de uma cachorrinha desaparecida? Não sei, não, Lucy. Você não viu como ela correu da dona? Parecia um cavalo de corrida — respondeu o garoto.

— Você está desistindo antes mesmo de tentar? Isso não parece certo. Como vai saber se não consegue fazer alguma coisa se você nunca tentar? — continuou Lucy, dando uma bronca em seu amigo e tentando motivá-lo.

— Bom, sabe, tem... tem muita coisa que eu nunca tentei e tenho certeza que não consigo. Eu não consigo erguer um ônibus. Nunca tentei e sei que não consigo... Mas você tem razão, Lucy. Vamos encontrar a Belinha — concordou Tomás.

AS IRMÃS LINDA E AMANDA – PARTE I

Como sabemos, Linda e Amanda não são primas de Lucy, não de primeiro grau. São primas de sua mãe, Pietra. Depois que o pai de Lucy sumiu do mapa, a garota foi morar com suas primas, as parentes mais próximas da família e as únicas que se dispuseram a cuidar de Lucy, cuja mãe havia sido encontrada morta, e ninguém sabia o que havia acontecido. Amanda e Linda adotaram Lucy, e a vida seguiu. A garota não se lembra bem do que aconteceu quando era criança: lembra-se de seus pais, claro, mas não do que aconteceu com a mãe. O que sabe, na verdade, é que ela havia morrido durante o parto devido a alguma complicação durante sua gestação. Porém, a verdade não era essa. Pietra não morreu durante o parto de Lucy, e as únicas que sabem o que realmente aconteceu são suas primas, Linda e Amanda.

— Amanda, o nome do pai do garoto é Gustav. Gustav! — dizia Linda durante uma conversa acalorada.

— Eu sei, Linda. Eu ouvi da primeira vez, mas não pode ser a mesma pessoa. É só coincidência.

— Como é que não pode ser a mesma pessoa, Amanda? Uma pessoa é pequena, ela cresce e vira adulto e se casa e tem filhos se quiser. Até nós duas, se quiséssemos. Não pode ter acontecido isso? Aquele Gustav lá do Bairro Escondido não pode ter crescido, se mudado para esse lado da cidade, ter se casado e tido um filho, e esse filho, por acaso, ser o Tomás, amigo da Lucy? Não pode ter acontecido isso, Amanda? — continuou Linda argumentando para tentar convencer sua irmã.

— Bom, você falando desse jeito, pode até ter acontecido isso mesmo. Mas eu ainda não acredito — respondeu Amanda. — E outra coisa, qual o problema se for verdade, se for mesmo ele? Muito provavelmente esse Gustav, pai do Tomás, nem se lembra do que aconteceu naquela noite, e com certeza o filho não faz a menor ideia.

— Não podemos ficar com essa dúvida, Amanda. Temos que averiguar. Temos que saber se esse é o mesmo Gustav que conhecemos no passado — disse Linda com olhar preocupado.

A preocupação das irmãs Linda e Amanda era verdadeira. Queriam saber se o pai de Tomás era o mesmo Gustav que elas conheceram quando jovens, lá no Bairro Escondido. Caso fosse a mesma pessoa, tudo poderia mudar na vida de Lucy.

Enquanto isso, Lucy e Tomás tentavam desvendar o mistério do desaparecimento da cachorrinha Belinha. Queriam ir à casa da dona do animal para perguntar o que havia acontecido, pois ninguém melhor que ela para dizer se o bichinho fugira sem querer, por causa de um portão aberto, ou se algum malfeitor a roubara.

— Não se esqueça de anotar tudo o que ela disser, Tomás — lembrou Lucy, pedindo que seu amigo preparasse caneta e papel para colher o depoimento.

— Pode deixar, vou escrever tudo. Mas vamos precisar de mais papel: estão acabando as páginas do meu caderninho e não quero ficar sem ter onde anotar as informações — respondeu Tomás.

— Você tem dinheiro? Quer passar em uma papelaria para comprar outro?

— Tenho umas moedas, mas não precisamos comprar outro. Tenho mais em casa. Meu pai tem alguns cadernos velhos guardados. Normalmente eu pego sem ele saber, mas acho que ele sabe e não se importa.

Em sua casa, Tomás leva Lucy até a cozinha e serve um copo de suco de laranja para matarem a sede. Aquela tarde de sexta-feira estava muito quente. Quando o tempo está quente e abafado assim, provavelmente chove durante o dia ou à noite. Tomara que demore, pois os dois precisam andar alguns quarteirões buscando informações sobre Belinha, a cachorrinha desaparecida.

— Você deve ser a Lucy de quem o Tomás tanto fala.

— Não sei. Ele fala de alguma Lucy? — respondeu ela sem saber quem era o homem com quem conversava, que soltou uma risada ao ouvir o que ela lhe respondeu em tom de brincadeira e curiosidade.

— Lucy, este é meu pai — disse o garoto apresentando um ao outro.

— Muito prazer em te conhecer, Lucy. Você parece uma menina muito inteligente.

— É, eu acho que sou sim.

— Meu nome é Gustav.

— É um prazer conhecer o senhor, Sr. Gustav. Nós viemos beber um pouco de suco por causa do calor e já estamos de saída. Eu não quero atrapalhar — disse a menina.

— Oras, mas você não está atrapalhando, pequena. Só está bebendo um pouco de suco de laranja. Pode ficar o tempo que quiser. Ah, e sabia que foi o Tomás que fez esse suco? Mas, se estiver gostoso, fui em que fiz — brincou o pai do menino.

— Está gostoso, sim. Suco de laranja é sempre gostoso, não importa quem o faça. É só espremer a laranja, né? Não tem muito segredo — retrucou Lucy.

— Ah, mas tem segredo, sim. Sabia que, se você espremer a laranja com muita casca, o suco fica amargo? É por causa da acidez da casca.

— Mas quem é que espreme laranja com casca e tudo? — respondeu ela com os olhos serrados e a testa franzida.

— Rá, rá, rá... você deve ter razão, menina — finalizou o homem. — Bom, eu vou tomar meu banho e descansar um pouco no sofá antes de fazer o jantar. Volte sempre que quiser, Lucy. E, Tomás, não se esqueça de pôr o lixo na rua desta vez, hein? Senão vamos acabar sendo carregados pelas baratas com a cama e tudo durante a noite.

— Pode deixar, papai — respondeu o filho. — Ah, lembrei: posso pegar outro caderninho? O meu só tem duas páginas.

— Claro! Você sempre pega de qualquer jeito, não é?

— Obrigado, papai! Até mais tarde. Não vou demorar.

— Espero que não. Volte logo e tome conta da sua amiga — finalizou Gustav.

— Pode deixar, Sr. Gustav. A gente toma conta um do outro — respondeu Lucy.

Finalmente ela havia conhecido o pai de Gustav. Tomás, por outro lado, já havia conhecido Linda e Amanda, pois várias vezes se encontravam na escola quando as duas buscavam ou levavam Lucy.

— Nossa, quanto caderno! — exclamou Lucy ao entrar com Tomás no escritório de seu pai.

— Meu pai também gosta de escrever. Uma vez ele me disse que, quando tinha a minha idade, também andava por aí anotando o que via.

— Ele é escritor?

— É jornalista — respondeu Tomás. — Aqui... achei um. É bem velho, mas acho que esse vai servir. Vamos lá! Temos que ir até a casa da dona Luísa antes de anoitecer. Não quero voltar para casa muito tarde, já que hoje ainda é sexta-feira. Podemos começar as buscas amanhã.

Já na casa da cachorrinha desaparecida, Lucy e Tomás foram bem recebidos pela senhora Luísa, que lhes ofereceu um lanchinho com biscoito de chocolate e torradinhas com patê de azeitonas pretas.

— Eu detesto patê de azeitona — sussurrou Tomás.

34

Dona Luísa contou que a cachorrinha havia fugido durante a tarde daquela sexta-feira enquanto ela tirava o carro da garagem. Belinha saiu correndo, pois ela se esqueceu de fechar a porta do corredor que dava acesso à garagem.

— Eu me esqueci da porta. Pensei que tivesse deixado a Belinha dentro de casa, na sala. Só lembrei que o corredor estava aberto quando a vi pelo retrovisor do carro, correndo lá para o final da rua — contava a dona Luísa.

— A senhora acha que ela fugiu de novo? — perguntou Tomás, anotando tudo em seu caderninho novo.

— Só pode ter sido isso. Ninguém roubaria minha cachorrinha. Bom, acho que não, né? Se vocês souberem de alguma coisa, me avisem, por favor. Eu pago uma recompensa.

— Contanto que não seja uma recompensa em forma de patê de azeitona — sussurrou Tomás novamente no ouvido de Lucy, que não conseguiu segurar a risada dessa vez.

— Não precisa, dona Luísa. A gente só quer ajudar a senhora a encontrar a Belinha e trazê-la de volta para casa em segurança — respondeu Lucy. — A senhora pode nos dar mais detalhes sobre a cachorrinha?

— Claro! Ela se chama Belinha, como vocês já sabem. Tem um ano e meio de idade e é muito brincalhona. Brinca com todo mundo o tempo todo se deixar. Ah, ela tem uma coleirinha com um gizo que fica fazendo barulho quando ela corre ou se coça; é toda branca com o pelo meio bagunçado, igual de poodle. Mas ela não é poodle, é vira-lata. Eu dou banho e escovo os pelos dela, mas sempre fica desarrumado. Não consigo deixá-los de outro jeito, mas é muito bonito. Parece até a gente quando lava a cabeça e sai com o cabelo molhado no vento, rá, rá, rá, rá, rá...

Acompanhando a dona Luísa na risada, Lucy concordou com o fato de sempre ficar com o cabelo todo despenteado e parecendo uma maluca quando sai no vento com o cabelo molhado. Tomás olhou para as duas e anotou tudo, mesmo sem entender muito a piada, pois sempre usa gel de cabelo, que deixa tudo no lugar, com vento ou sem vento. Mesmo assim, para não passar vergonha, soltou uma risadinha leve e enfiou outro biscoito de chocolate na boca, perguntando:

— Quando a Belinha foge, normalmente ela sai correndo para onde? A senhora sabe dizer, dona Luísa?

— Ah, isso eu não sei direito, pois ela nunca ficou desaparecida de verdade, como agora. Nas últimas vezes que saiu correndo, correu para o final da rua em direção à colina.

— A colina? Aquela colina que separa o Bairro Escondido do resto da cidade? — indagou Lucy.

— Sim, essa mesma. Mas nunca foi para aquele lado. Eu sempre consigo pegar ela antes de ir muito longe. Senão, vai saber se conseguiria voltar para casa sozinha, não é? Vai que ela some de verdade ou acontece alguma coisa ruim — continuou dona Luísa.

Com medo de perder algum detalhe da conversa, Tomás escrevia e escrevia em seu caderninho, virando as páginas bem rápido. Era um caderninho pequeno, de bolso, desses que se compram em qualquer papelaria. Provavelmente seu pai o comprara, ou quem sabe o tivera feito, já que parecia bem velho, sem marca de loja nem etiqueta de preço nem nada.

Quando Tomás virou a página para continuar anotando, ele se deparou com uma anotação que não fora ele quem fez. Estava escrita alguma coisa sobre uma casa velha e um clarão no meio da noite, mas ele não deu importância. Virou a página e continuou escrevendo o que dona Luísa contava sobre Belinha.

— Ok, dona Luísa, a senhora nos ajudou bastante. Amanhã cedo vamos começar nossa busca e vamos encontrar sua cachorrinha. Com certeza, ela está bem. Deve ter corrido para algum canto e se escondido — disse Lucy.

— Espero que sim, meus amores — respondeu dona Luísa. — Obrigado por virem! Peguem mais uns biscoitos de chocolate e torrada com este patezinho...Vi que você gostou do patê, não foi, Tomás?

— Hummm, que delícia... muito obrigado, dona Luísa! Vou guardar para mais tarde — disse Tomás com um sorriso cheio de arrependimento mesmo tendo comido uma única torrada com patê.

Já estava anoitecendo. Tomás e Lucy disseram aos seus responsáveis que não ficariam na rua até tão tarde, que voltariam antes do jantar, então era melhor correr para não levarem bronca. No caminho, Lucy pediu a Tomás o caderninho para ler suas anotações e ver se não havia esquecido nada.

— Que bom que você anotou esses detalhes, Tomás! Ela parece ser uma cachorrinha bem legal. Gosta de brincar e deve fazer amizade muito fácil.

— Será que alguém pegou ela na rua e levou para casa, já que é tão simpática assim com todo mundo? — indagou Tomás.

— Será? Não podemos excluir essa ideia. De repente alguém gostou tanto dela, viu que estava na rua e levou para casa para ela não sofrer um acidente ou coisa assim. Mas vamos encontrá-la. — dizia Lucy, lendo e relendo as anotações de seu colega. — Tomás, o que é isso aqui que você escreveu? Pelo que eu me lembre, a dona Luísa não falou nada sobre nenhuma casa velha.

— Ah, isso aí não fui eu. Já estava escrito no caderninho. Lembra que peguei no escritório do meu pai? Deve ser alguma anotação dele de quando era pequeno — respondeu.

— Que coisa mais estranha! Está escrito que aconteceu alguma coisa numa casa velha lá no Bairro Escondido. Teve uma luz forte que deixou todo mundo com a vista ofuscada e um barulho muito alto — disse Lucy, lendo a anotação antiga.

— É, deve ter acontecido algum acidente em alguma casa daquele lado da colina, e meu pai acabou anotando, já que gostava de escrever também. Deve ser por isso que virou jornalista.

— E essa outra nota aqui, logo depois da anotação do seu pai?

— Deve ser mais alguma informação que ele escreveu — respondeu o garoto, sem dar muita importância.

— Não, não foi ele. É uma letra diferente. Olha!

— Hum... é mesmo. A caligrafia é diferente. Parece até letra de menina, toda redondinha.

— Eu sou menina, e minha letra não é nada redondinha — falou Lucy com o olhar sério.

— Ah, você entendeu, vai. É que a letra do meu pai é toda rabiscada. Olha aí! Tá vendo como é diferente uma da outra.

37

Alguém deve ter anotado alguma coisa no caderninho dele e acabou esquecendo de apagar.

— Tá dizendo aqui que aconteceu alguma coisa. Alguma coisa ruim. Duas pessoas discutindo dentro de casa e depois aquele barulhão. Será que foi uma explosão?

— Pode ser. Antigamente tudo ficava explodindo muito fácil, né. Não tinha tubulação de gás como tem hoje, nem botijão. Era tudo de qualquer jeito. Deve ter sido isso. Nada demais — continuou Tomás a falar sobre a anotação estranha no velho caderninho de seu pai. — Bom, vou para minha casa agora. Boa noite, Lucy! Amanhã a gente se vê de novo e vamos atrás da Belinha.

— Boa noite, Tomás! Obrigada pela ajuda! Até amanhã. Ah, posso ficar com o caderninho? Quero reler o que você anotou e pensar no que pode ter acontecido.

— Tudo bem. Sem problemas. Amanhã você me devolve.

Ao chegar à casa, Lucy foi logo questionada por suas primas...

— Onde e com quem que a senhorita estava, hein, mocinha?

— Eu estava com o Tomás. Nós fomos até a casa da dona daquela cachorrinha que desapareceu. Aquela do anúncio.

— Anúncio? — indagou Linda.

— É! O anúncio que estava em cima da mesa hoje de manhã.

— Eu não vi nenhum anúncio hoje de manhã — respondeu Linda. — Você viu algum anúncio, Amanda?

— Não, não vi nada. Não foi você que deixou?

— Eu não — respondeu Linda.

— Então o papel apareceu como um passe de mágica na mesa do café hoje de manhã. Se não foram vocês. Eu é que não fui. Levantei da cama e vi o papel lá na cozinha quando fui tomar leite. Esqueceram que não fui à escola hoje?

— E por que você não avisou que iria na casa dessa mulher? E se fosse uma armadilha, Lucy? — perguntou sua prima Amanda.

— Armadilha? Mas que armadilha? A cachorrinha da dona Luísa sumiu, saiu correndo. Eu até vi ela fazendo isso mais cedo, com o Tomás — retrucou a garota.

— Ah, o Tomás. O Tomás de novo. Você está andando muito com esse garoto. Será que não foi ele quem deixou o "anúncio" na mesa para você encontrar? — perguntou Linda.

— Ah, com certeza. Ele tem a chave aqui de casa, né?! — respondeu Lucy, debochando. — A verdade é que ele nem sabia do sumiço da Belinha. Eu que falei para ele hoje à tarde. Depois fomos à casa dele buscar um caderninho novo. Aí, fomos para a casa da dona Luísa, que é aqui pertinho. Agora estou aqui de volta sã e salva. Olha que legal.

— Não é legal você ser irônica desse jeito com a gente, Lucy — repreendeu sua prima Linda. — Nós estávamos preocupadas e só queríamos saber se você estava bem e em boa companhia.

— Isso mesmo, Lucy — continuou Amanda dando razão à irmã. — E vocês foram à casa do Tomás fazer o que mesmo?

— Buscar um caderninho novo para ele anotar as informações do desaparecimento da Belinha. As páginas do caderninho dele estavam acabando, e nós fomos buscar outro. O Sr. Gustav deu um dos caderninhos velhos para ele usar.

Ao dizer isso, Lucy percebe o olhar de suas primas se entrelaçando. Foi instantâneo: o clima da conversa mudou na hora, de preocupação para mais preocupação ainda.

— O quê? — perguntou Lucy. — O que foi? Parece até que vocês viram um fantasma. Foi rapidinho. Não aconteceu nada de errado. Eu ainda tomei um suco de laranja bem gostoso que o Tomás tinha feito; o Sr. Gustav disse que, se estivesse bom, era para eu pensar que ele que tinha feito. Mas eu acho mesmo que era comprado, isso sim.

Linda e Amanda tinham ainda mais motivos para pensar que o Gustav pai do Tomás era o mesmo Gustav de antigamente. Era hora de ir atrás de saber se era mesmo ele e quais os perigos que isso poderia trazer.

Em seu quarto, Lucy lia e relia todas as anotações de Tomás sobre a cachorrinha Belinha, mas sempre que passava pelas notas que já estavam escritas, que o pai do Tomás havia escrito, e aquela outra nota com a letrinha arredondada. Lucy se encantava com o mistério que envolvia aquelas palavras. Leu e releu as notas:

Não consigo me lembrar do que aconteceu e já não sei mais se esta história foi real ou um sonho meu. Mas ainda me lembro do barulho e do clarão, reais ou não. – Gustav G., 1/1/1977

Logo abaixo desta, a nota com a letrinha redonda:

Tudo aconteceu muito rápido. Minha irmã estava na cozinha fazendo o jantar e meu pai estava na sala conversando com um homem que eu nunca vi aqui em casa ou na rua com ele. Eu estava em meu quarto, mas pude ouvir um tipo de discussão e um grito muito alto da minha irmã. Depois disso aconteceu aquele clarão, aquela luz que tomou conta da casa inteira.

"Por que o pai de Tomás escreveria sobre um acidente numa casa velha e depois outra pessoa escreveria sobre o mesmo assunto logo embaixo, como se estivesse dentro da casa na hora? Será que era uma amiga, uma vizinha ou alguém que o Sr. Gustav conheceu na cidade lá no Bairro Escondido e ele a deixou usar seu caderninho? Talvez seja uma nota que a pessoa começou escrever e não terminou; por isso não está assinada nem nada", pensava Lucy enquanto lia e relia aquelas palavras.

Na sala, Linda e Amanda tomavam uma decisão. Precisavam falar com o pai de Tomás e fazer algumas perguntas. Fariam isso no dia seguinte quando fossem levar Lucy até a casa do garoto para procurarem a cachorrinha perdida.

— Talvez a gente deva conversar com a Lucy — disse Amanda.

— Conversar? Como assim? Conversar o quê? — indagou Linda.

— Você sabe, Linda. Contar a ela sobre o vestido. Dizer a verdade.

— Não, Amanda! Não está na hora. Precisamos falar com o Gustav primeiro.

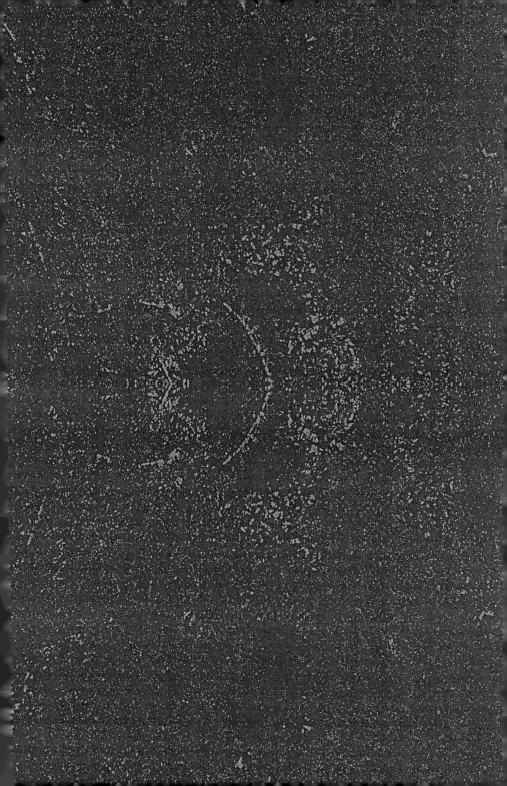

Capítulo 4

ISSO É ALGUM TIPO DE MÁGICA

Durante a noite, Lucy se revirava na cama. Parecia que não conseguia pegar no sono ou estava tendo algum tipo de pesadelo.

— Quem é o senhor, o que quer? — perguntou ela a alguém que batia à porta.

— Vim falar com seu pai. Ele está me esperando — respondeu um homem que ela não conhecia.

— Meu pai não falou nada sobre estar esperando alguém a essa hora. É hora do jantar, o senhor não sabia? É feio chegar sem avisar na casa de alguém enquanto todos estão comendo — continuava Lucy.

— Eu sei, menina, mas eu preciso falar com seu pai. Avise a ele que estou aqui, por favor — pediu o homem.

— E qual é seu nome, senhor?

— Frederico.

— Só Frederico? O senhor não tem sobrenome? — perguntou ela, como se não confiasse nele.

— Apenas Frederico, menina. Ele saberá quem sou quando você disser meu nome — respondeu ele com um rosto todo sério.

De repente, o pai de Lucy interrompeu a conversa do homem à porta, dizendo:

— Vá para dentro lavar as mãos, minha filha. Logo vamos jantar.

— Eu já ia chamar o senhor, papai. Esse senhor aqui está à sua procura.

— Tudo bem, filha. Eu resolvo isso — disse ele enquanto olhava os olhos sérios do homem à porta, vestido todo de preto,

43

de terno e gravata e com um chapéu alaranjado muito esquisito, com uma pena longa saindo da lateral.

— É um belo vestido azul que você está usando, menina.

— Obrigada, senhor! — respondeu ela cordialmente. — O seu chapéu também é muito bonito. Não combina com o resto da roupa, mas é bonito.

— Vá para dentro, Lucy, por favor — pediu o pai novamente, dizendo com a voz brava para o homem: — Não fale com minha filha e vá embora da minha casa.

— Arquimedes, meu amigo, eu não vim discutir com você. Abaixe o tom de voz, por favor. Vamos manter a educação, está bem? — respondeu o homem com um sorriso debochado e maldoso no rosto.

— Não sou seu amigo, Frederico. Você não tem amigos. Pessoas boas têm amigos, e você não é uma pessoa boa.

— Onde está sua esposa, Arqui? Posso te chamar de Arqui, não posso? Somos amigos. Parece que ela não está em casa hoje, não é mesmo?

— Você não pode me chamar de Arqui nem de jeito nenhum. Vá embora da minha casa! Estou mandando! Deixe as duas em paz — respondeu Arquimedes com a voz ainda mais irritada, partindo para a direção do homem. — Se chegar perto de Pietra, eu acabo com você.

— Eu não preciso, Arqui. Não preciso chegar perto dela, você sabe.

Ao dizer isso, o corpo do homem de chapéu alaranjado começou a emitir uma luz clara, como uma lanterna com a bateria acabando, que foi aumentando aos poucos. Gustav arregalou os olhos. O homem começou a flutuar, como se estivesse voando, mas com os pés ainda muito próximos do chão.

— Eu não quero brigar com você, Frederico. Não quero. Vá embora! — gritou Arquimedes.

— Você não precisa brigar comigo, Arqui. Na verdade, você não vai brigar comigo. Você não consegue. É fraco — respondeu o homem, com uma voz cheia de ameaça. — Onde está a chave? Eu quero a chave! Agora!

— Não está comigo. Eu não a tenho — disse Arquimedes, afastando-se para dentro da casa. Seu corpo começou a emitir aquela luz também, parecida com a do homem de chapéu alaranjado, mas com uma coloração mais clara, azul-clara, enquanto a do homem era uma luz escura, avermelhada com tonalidade negra.

— Me entregue a chave, Arqui! Eu quero a chave. Do contrário, levarei a criança! — ameaçou o homem.

— Nunca! Nunca! Você nunca levará minha filha!

— É o que veremos, Gustav.

Frederico, o homem de chapéu alaranjado, olhou para os lados procurando Lucy pela sala; flutuando, moveu-se em direção à cozinha. Arquimedes, nesse momento, segurou forte um de seus braços tentando impedi-lo de ir atrás de sua filha, mas o homem respondeu com um empurrão que o jogou para o outro lado da sala. Lucy ouviu o barulho da vidraça da janela se quebrando e segurou o grito de susto com as mãos. Ouviu o barulho aumentando. Era barulho de luta. Seu pai e o homem estavam lutando, e a cada golpe que os dois davam um no outro, muita luz saía de seus corpos como se fosse algum tipo de mágica. Uma energia poderosa que pessoas normais não tinham. Pareciam fogos de artifício no céu, mas estava acontecendo dentro de casa.

Com medo de que seu pai pudesse se machucar de verdade, Lucy saiu correndo em direção a ele tentando separar a briga dos dois. Ela correu, gritou e, à medida que se aproximava do pai, seu corpo também começou a brilhar com a luz azul de seu vestido. Lucy gritou:

— PAPAI! PAPAI!

— Vá embora, Lucy! CORRA! CORRA! — gritou Arquimedes. — Procure sua mãe! Não deixe que eles peguem sua mãe!

O homem de chapéu alaranjado, tentando escapar dos braços do pai de Lucy, começou a rir, a tossir e disse:

— Não vai adiantar procurar sua mãe, Lucy. Não vai adiantar! Ela não vai voltar para casa essa noite.

O pai de Lucy segurou o homem com toda a sua força. Lucy, ao ouvir aquelas palavras sobre sua mãe, com medo de nunca mais vê-la novamente, soltou um grito tão forte que fez seu vestido brilhar como uma estrela dentro da sala. A luz foi tão forte, tão intensa, que sua vibração faz a casa toda tremer como se tivesse trovões dentro dela. O barulho era assustador e a luz, a mais brilhante que podemos imaginar.

    Quando Lucy abriu os olhos, em silêncio, não via mais ninguém na casa. Tudo desaparecera: seu pai, o homem, os móveis. Estava tudo vazio. Seu vestido azul continuava brilhando com a força de toda aquela luz. Ela estava assustada e não sabia o que acontecera.

    Por causa de todo o barulho e da luz emitida de dentro da casa, os vizinhos ocorreram em direção à casa velha ali no Bairro Escondido. Pensavam que um raio tinha caído direto no telhado ou que havia sido uma explosão. Lucy ouviu a correria do lado de fora da casa: ela se assustou, fechou os olhos com toda a força e desapareceu.

    — Lucy... Lucy... o que houve?

    — Lucy, acorde. O que aconteceu?

    Um pouco zonza e assustada, Lucy acordou e viu suas primas, cada uma de um lado da cama.

    — O que aconteceu, minha querida? — repetiu Linda.

    — Foi um pesadelo? Você estava tendo um pesadelo? — tentou Amanda.

    — Sim, acho que sim — Lucy respondeu. — Tinha uma casa velha e grande... e uma luz brilhante... e dois homens brigando. E uma menina com um vestido azul, igual àquele que está guardado no armário da Linda.

    As duas irmãs se olharam com aqueles olhos arregalados de sempre. Como Lucy sabia do vestido? Outra coisa que as deixou arrepiadas foi o sonho de Lucy. A menina sonhou com o passado, com coisas que aconteceram naquela casa velha no Bairro Escondido.

    — Vou preparar um leite morno para você beber e voltar a dormir, minha querida. Foi só um sonho, não se preocupe. Só um sonho bobo. Amanhã você terá esquecido e se sentirá melhor — disse Linda.

    As duas saíram do quarto sussurrando sobre o sonho, dizendo que aquilo poderia ser um sinal. Um sinal de que Lucy estava se conectando com a mãe e com o que acontecera naquela noite no Bairro Escondido.

    Lucy bebeu o leite morno e voltou a dormir, mas não esqueceu o sonho.

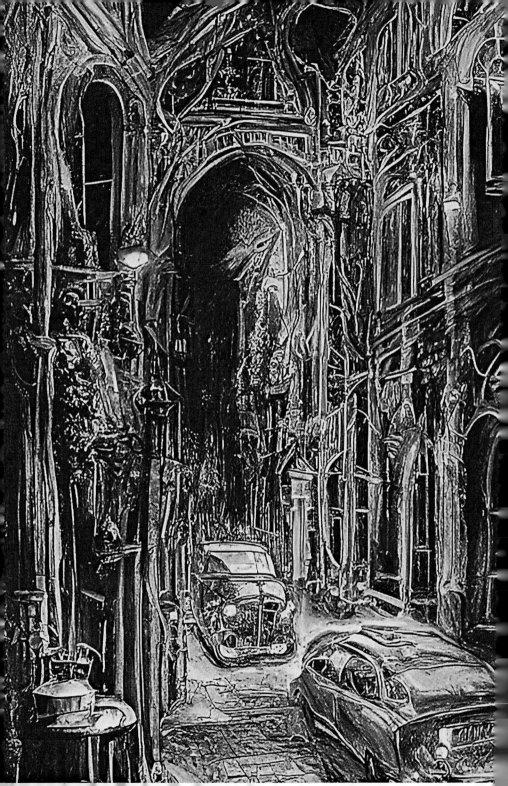

Capítulo 5

FUGINDO PARA O BAIRRO ESCONDIDO

Na manhã de sábado, Tomás foi até a casa de Lucy para começarem a procurar a cachorrinha. O pai dele o levou até à casa da jovenzinha e aproveitou para conhecer suas primas, de quem seu filho já havia falado. Já estava na hora de todos os adultos dessa história se conhecerem, não é verdade?

Na porta da frente, Tomás tocou a campainha da casa e aguardou. Pela janela, viu Amanda se aproximando.

— Oi, Tomás! Bom dia! Tudo legal com você? — perguntou ela já fazendo aquela bagunça no cabelo do garoto. Adultos vivem fazendo isso na cabeça da gente, como se nós gostássemos.

— Oi, Amanda! — respondeu o garoto arrumando o cabelo. — A Lucy está em casa? Hoje nós vamos procurar a Belinha.

— Belinha? Quem é essa? — indagou ela, sem lembrar.

— A Belinha, ué. A cachorrinha que sumiu.

— Ah, é verdade. Está certo — disse ela, dando um tapinha na testa quando se lembrou. — Entra, a Lucy deve estar na cozinha tomando café da manhã. Acordou meio tarde. Não dormiu bem, sabe?

Ao se lembrar de seu pai no carro, Tomás se virou e disse para a prima de Lucy:

— Amanda, aquele lá no carro é meu pai... O nome dele é Gustav.

Nesse momento, o pai de Tomás saiu do carro para cumprimentar Amanda e se apresentar. Quando ela pôs os olhos nele, ficou muda, com a boca seca e pensou: "Meu deus do céu, como ele parece aquele menino do passado".

— Olá, muito prazer! Meu nome é...

— Gustav! — disse Amanda, interrompendo o homem.

— Sim, isso mesmo. O Tomás já deve ter dito, não é? — disse ele rindo.

— Sim, sim. Ele falou — respondeu Amanda, com os tradicionais olhos arregalados. — Você, digo, o senhor... o senhor quer entrar por um momento, tomar um café, conhecer minha irmã, Linda?

— Bom, hoje é sábado. Acho que está tudo bem fazer uma visita — concordou Gustav, enquanto entrava pela porta. Amanda acompanhava seus passos com aqueles olhos de quem via um fantasma e não acreditava. "Ele é muito parecido com o menininho. A Linda vai cair de costas ao vê-lo...", pensava ela.

— Linda... Linda... — Amanda chamava a irmã até a sala. — Veja, este é o pai do Tomás, o Gustav — disse ela de trás do homem enquanto punha as mãos na boca e dava pulinhos, apontando para ele sem que percebesse.

Amanda quase acertou a reação de sua irmã quando ela avistou Gustav: quase caiu de costas.

— É um prazer conhecer vocês, Linda! Meu nome é...

— Gustav! — exclamou Linda, igualzinho ao que sua irmã havia feito lá na porta da frente.

— Isso mesmo. Estou vendo que vocês me conhecem. O Tomás andou falando de mim, não é? — disse ele sorrindo novamente.

— É, isso. Acho que sim... O Tomás passa bastante tempo aqui com a Lucy, é por isso que a gente conhece você. Ele falou de você e...

— Com certeza a gente nunca viu você antes ou quando era pequeno... — disse Amanda deixando escapar as palavras sem querer.

— AMANDA! — exclamou Linda, chamando atenção de sua irmã.

— Do que vocês estão falando? — perguntou ele olhando para a cara das duas irmãs, tentando entender alguma coisa.

— Nada. A Amanda deve ter confundido o senhor com alguém. Isso acontece, sabe. Ela vive confundindo as pessoas — respondeu Linda, tentando escapar daquela saia justa.

— Bom, foi um prazer conhecer vocês duas — disse Gustav. — Mas tenho que ir embora. Preciso aproveitar a manhã para fazer uns consertos em casa, lavar o terraço... essas coisas.

— Está bem — concordou Linda. — Fique à vontade para voltar quando quiser. O senhor e o Tomás são bem-vindos. Lucy e ele se dão muito bem.

— Isso é verdade. Vivem juntos. São grandes amigos. Ontem mesmo foram até nossa casa buscar um caderninho novo para o Tomás continuar anotando umas coisas, acho que daquela cachorrinha que sumiu. Ele tem esse costume de escrever tudo, ficar anotando, mas não posso achar ruim. Eu fazia a mesma coisa quando tinha a idade dele. Adorava escrever sobre tudo e sempre tinha um caderninho e uma caneta no bolso.

A dúvida que Amanda e Linda tinham sobre *este* Gustav ser *aquele* Gustav agora era zero. Tinham certeza; quase absoluta. Era ele. O mesmo Gustav do passado. O Gustav que poderia trazer todo aquele mistério de volta.

E sem conseguir se controlar, morrendo de vontade de saber, Amanda, que não conseguia ficar de boca fechada e sempre falava quando não precisava, interrompeu a saída da porta da frente e perguntou:

— Gustav, você é daqui da cidade de Ondine mesmo?

— Sim, sou nascido e criado aqui — respondeu ele com um sorriso largo nos lábios. — Por quê?

— Ah, por nada. É que eu nunca vi você por aqui. Seria legal saber mais sobre você, sabe, bom... sabe? Por causa das crianças, não é?! Do Tomás e da Lucy. Onde você trabalha e tudo mais. Sabe... seria legal — continuava Amanda sem saber ao certo o que estava dizendo.

— É só para nos conhecermos melhor — disse Linda, salvando Amanda do mico que estava pagando.

— Ah, entendi — falou Gustav, com uma careta, pois tinha achado aquela conversa muito maluca. Mesmo assim, continuou a falar um pouco sobre si mesmo:

— Eu nasci do outro lado da colina, no Bairro Escondido. Assim como muita gente de lá, me mudei para cá ainda pequeno: com uns doze ou treze anos, eu acho. Eu sou jornalista. Trabalho no escritório do jornal *Diário de Ondine*; por isso não saio muito. É muito corrido e faço muita hora extra durante a noite.

Agora era oficial. Era mesmo ele. O mesmo Gustav. Amanda e Linda já não tinham dúvidas.

— Nós nascemos no Bairro Escondido também, mas moramos aqui desde muito pequenininhas. Passávamos a infância aqui e lá, quando visitávamos alguns parentes — disse Linda. — Por acaso, o senhor conhece aquela casa velha no topo da colina lá no Bairro Escondido?

— Sim, conheço. Todo mundo conhece aliás. Está abandonada desde sempre. Acho que nunca morou ninguém lá. Lembro que, quando eu era pequeno, sempre brincava perto daquela casa, pois minha rua dava direto naquele jardim grande que tinha lá, mas nunca vi ninguém entrar nem sair. Aquele lugar sempre foi um mistério para mim — respondeu Gustav, sem lembrar o que acontecera na Casa Velha no passado.

As irmãs Linda e Amanda soltaram uma risada abafada, estranhando que Gustav realmente não se lembrava das pessoas que moravam na Casa Velha. Por um lado, ficaram aliviadas, pois, se ele não lembrava, provavelmente também não se lembrava de Lucy, nem do barulho nem da luz que ofuscou os olhos de todo mundo naquela noite.

— Bom, digam ao Tomás que volto para buscá-lo à noite, ok? — pediu Gustav às irmãs que o acompanhavam até o portão de casa.

Elas concordaram e voltaram quase correndo para dentro de casa, sussurrando uma com a outra sobre Gustav.

Enquanto os adultos falavam do passado, do presente e uns dos outros lá na sala, contando de quando eram pequenos e onde moravam, na cozinha a conversa era outra. Lucy e Tomás planejavam como seria a busca da cachorrinha desaparecida. Pensaram em sair perguntando sobre Belinha pelas ruas, pois alguém poderia ter visto a cachorrinha e para onde ela correu. Segundo a dona Luísa, a Belinha adorava correr.

Perguntaram em todas as casas da rua onde Lucy morava; andaram mais um pouco e perguntaram na rua ao lado para as pessoas que encontravam pelo caminho. Perguntaram nos comércios, nas lojas e nos supermercados, e nada. Nenhuma informação sobre Belinha.

Ainda era manhã, não passava das nove horas. Tomás e Lucy já haviam andado bastante, para cima e para baixo e perguntando para muitas pessoas sobre a cachorrinha branca do pelo bagunçado.

— Será que a gente nunca vai saber onde Belinha se enfiou, Tomás? —

— Não sei, Lucy. Não sei mesmo. Está difícil, né? Ninguém viu a bendita cachorrinha, olha que ela nem é tão pequena assim. Podiam ter visto ela correndo para algum lado, perdida, ou pedindo comida na porta de algum restaurante — respondeu o garoto, limpando o suor da testa. Era de manhã, mas fazia calor.

Lucy e Tomás andaram mais ainda. Estavam longe do centro da cidade. Já haviam passado pela escola, que ficava quase no final do último bairro da cidade de Ondine. Quer dizer, o último bairro antes de atravessar a colina pelo túnel e entrar no Bairro Escondido.

— Ei, ei, crianças... — chamou uma voz de mulher.

Lucy olhou ao redor e viu uma senhora parada bem atrás deles dois. "De onde será que essa mulher veio?", se perguntou Lucy ao ser pega de surpresa.

— Olá! A senhora está falando com a gente? — perguntou Tomás.

— Sim, oras. Vocês estão vendo mais alguma criança aqui? — retrucou a senhora dando uma risada estranha, cheia de dentes quebrados.

— Não, não tem mais nenhuma criança. Então deve ser com a gente mesmo — respondeu Tomás. — O que a senhora quer?

— Eu vi a cachorrinha que vocês estão procurando. Aquela cachorrinha branca. Não é assim? Não é essa a cor do pelo dela? — continuou a mulher.

— Onde a senhora viu a Belinha? — quis saber Lucy, pondo uma das mãos na cintura, batendo a outra mão na perna, com uma cara de quem não estava acreditando.

— Eu não gosto de cachorro, sabia?! Não mesmo. São muito bagunceiros. Parecem crianças bagunceiras que ficam correndo para todo o lado e não estão nem aí com nada. Não gosto — falava a senhora, fazendo uma cara de rabugenta.

— Acho que a senhora não viu nada. Não viu cachorrinha nenhuma — disse Lucy. — Só está falando isso para nos enganar.

— Enganar? Por que eu iria querer enganar vocês? São duas crianças bobas que estão procurando um cachorro — respondia a senhora.

— Uma cachorrinha, não um cachorro — corrigiu-a Tomás.

— Nós estamos procurando uma cachorrinha chamada Belinha e, se a senhora não pode ajudar, então vamos indo, pois temos muito o que fazer.

— Mas eu vi. Vi sim. Eu vi essa cachorrinha imunda. Ela correu atrás do meu gato, mas ele não é bobo nem medroso e deu logo uma patada no nariz dela, e ela foi embora — disse a senhora.

— Embora? Pra onde, posso saber? — perguntou Lucy, ainda sem acreditar na senhora. Mas a história dela sobre o gato parecia verdadeira.

— Bom, ela correu para aquele lado ali... — respondeu a senhora, apontando o dedo para o lado da colina. — A cachorrinha que assustou meu gato correu lá para o lado do túnel, lá para o Bairro Escondido. Vocês não vão achá-la nunca mais, isso sim.

— A senhora tem certeza? Tem certeza de que viu essa cachorrinha aqui da foto e a viu correndo lá para o Bairro Escondido? — indagou Lucy, mostrando a foto de Belinha do anúncio que carregava consigo.

— É ela mesma. Tenho certeza. Olha aí o pelo dela todo desarrumado. Se fosse minha, eu daria um banho nela e pentearia todo esse pelo. Que horror! Parece até que nunca tomou um bom banho — falou a senhora, fazendo uma cara de nojo enquanto saía andando para atravessar a rua.

— O que vamos fazer, Lucy? — indagou Tomás. — Não confio nessa mulher. Você viu só o chapéu que ela estava usando? Que cor mais feia de chapéu: alaranjado. Credo. Chapéu alaranjado e velho. Não sei, não.

— Também não confio nessa senhora, Tomás, mas temos que investigar. Não podemos deixar a Belinha sozinha, ainda mais se ela entrou lá no Bairro Escondido. Temos que ir atrás dela.

— Tudo bem, mas não podemos demorar. Não posso me atrasar hoje, senão meu pai vai me deixar uns vinte anos de castigo — disse Tomás, dando risada. — Ah, Lucy, por que você não pede emprestado o chapéu alaranjado daquela senhora? Aposto que ia ficar muito bonito com esse seu vestido azul — continuou ele, debochando e rindo.

— Vou pedir o chapéu dela e fazer você comer, só se for... sem graça. Meu vestido azul é muito bonito, tá. Bonito demais para aquele chapéu. Não combina nada, nada — respondeu ela, sem gostar da brincadeira. — Agora vamos. Anda logo. Precisamos chegar ao outro lado da colina no Bairro Escondido e trazer Belinha de volta.

AS IRMÃS LINDA E AMANDA – PARTE 2

— Linda, agora que sabemos que o Gustav pai do Tomás é o mesmo Gustav que conhecemos no passado, lá no Bairro Escondido, o que vamos fazer? — perguntou Amanda trocando os lençóis e fronhas dos travesseiros de sua cama.

— Fazer? Não sei se precisamos fazer alguma coisa. Você não ouviu o que ele disse? Ele não se lembra de nada daquela época — respondeu Linda.

— Mas ele vai acabar lembrando. Ele viu a luz e ouviu todo aquele barulho que aconteceu na Casa Velha. Gustav conhecia o pai de Lucy. Todos conheciam o Arquimedes no Bairro Escondido e em toda a cidade de Ondine.

— Eu sei. Sei que todos conheciam o primo Arqui e nossa prima Pietra. Se não fosse pela luz, todos se lembrariam dos dois com muita alegria até hoje.

— Aquela luz! Ainda não acredito que toda aquela energia saiu do corpo de Lucy.

— Foi o vestido, Amanda. O vestido protegeu a Lucy. Aquela energia toda foi para não deixar acontecer nenhum mal a ela e a seu pai que estavam na casa. Infelizmente, Pietra não teve a mesma sorte — disse Linda, lembrando-se de tudo o que acontecera na Casa Velha naquela noite.

— Mas *eles* fizeram uma armadilha para Pietra, você sabe, Linda. Ela estava indo para casa. Sentiu que havia alguma coisa errada. Os capangas do Frederico a seguiram...

— Eles queriam a chave. Estavam à procura da chave do portal, mas não sabiam que, sem o vestido azul que Pietra fez para Lucy, a chave pouco adiantaria.

— *Eles* não sabiam sobre o vestido — sussurrou Amanda.

— Não. Ninguém sabe sobre o vestido azul. Nem mesmo a própria Lucy sabe que é um vestido mágico, que é ele que a mantém jovem. Amanda, você sabe que Lucy tem a nossa idade. Éramos todas crianças quando aquela explosão de luz aconteceu. Foi o vestido que a protegeu tirando-a daquele lugar.

Linda e Amanda conversavam sobre a verdade a respeito de Lucy. A garota tinha mesmo a idade delas, mas não era adulta; ela não havia crescido. A mãe de Lucy, Pietra, era uma mulher muito poderosa que dominava a boa magia. Não gostava de ser chamada de bruxa, mas de feiticeira — mesmo isso de bruxa e feiticeira ser trivial para ela, que falava de si simplesmente como uma mulher como todas as outras, poderosa como todas elas — e nunca fizera mal a ninguém. Pelo contrário, Pietra ajudava a todos. Sua magia real era sua empatia, sua simpatia, seu carisma e sua vontade de fazer o bem para as pessoas, sua vontade de ajudar e ver que todos à sua volta estavam tranquilos, felizes e seguros. A mesma vontade e disposição para ajudar a todos que Lucy também tem. Essa é a verdadeira magia, a beleza de toda a magia: ajudar as pessoas, tratá-las de igual para igual. Pietra sabia fazer isso muito bem, e Lucy herdou essa energia, pois o poder das duas, mãe e filha, vinha da bondade de ambas e de suas ações do dia a dia.

Precisamos saber mais sobre uma coisa muito importante: a chave.

Frederico, o homem de chapéu alaranjado, também queria a chave e foi até a casa de Arquimedes para consegui-la. Porém, ele não sabia que a chave estava com Pietra. Não era uma chave comum, igual à de porta de casa ou de carro. Era só uma peça, uma relíquia, um objeto muito antigo que Pietra havia recebido de sua mãe, que a recebera de sua avó, assim como todas as gerações de mulheres anteriores a ela e sua filha Lucy.

A chave era um prendedor de cabelo, muito frágil e muito bonito, mas extremamente resistente e poderoso de um cristal indestrutível. Era a chave mágica para um mundo totalmente diferente do nosso, um mundo repleto de igualdade, alegria e luz.

UM RECADO PARA LUCY

— TOMÁS! Tomás, veja... Veja, lá na frente! — gritou Lucy, tão alto que assustou o garoto, fazendo-o dar um pulo na mesma hora.

— Poxa, Lucy! Precisa gritar desse jeito? Você está do meu lado. Quase me mata de susto. Ainda mais nesse túnel todo escuro assim. O que foi? O que aconteceu?

— Primeiro, o túnel não está tão escuro assim, você que está com medo, como sempre. Você tem medo de tudo. Nunca vi igual. Em segundo lugar, acho que vi a Belinha correndo lá no final do túnel. Vamos! Anda logo! Mexe essas pernas, garoto! Mexe essas pernas! — repetia ela, forçando Tomás a correr.

Era mesmo a cachorrinha Belinha que Lucy havia visto no final do túnel. Bom, o túnel não era um túnel assim tão grande. Dava para ver de um lado para o outro sem fazer muito esforço, e como eles dois já estavam andando dentro do túnel, quase no meio, Lucy conseguiu ver a cachorrinha correndo lá na frente. Não teve dúvida: era Belinha. E ela estava certa.

— Vamos logo, Tomás! Mexa-se, menino! Anda logo! Parece até que tem cimento nos pés.

— Não é fácil correr e escrever ao mesmo tempo, Lucy? Você já tentou? Não é, não. Pode ter certeza — respondeu Tomás tentando anotar alguma informação de dentro do túnel, ou as horas, para saber com precisão onde estavam.

Enquanto ele corria, escrevia e virava as páginas de seu caderninho anotando tudo o que acontecia, se deparou com outra nota escrita que também não tinha a sua letra nem parecia nada, nada com a letra de seu pai.

— Lucy, espere. Espere! — exclamou ele diminuindo a velocidade.

— O que foi, Tomás? A gente vai perder a Belinha de vista se ficarmos parados aqui. O que aconteceu dessa vez? Desamarrou o cadarço do tênis? — brincou ela.

— Não, olha! Veja isso aqui — disse ele, apontando para a escrita em seu caderninho. — Foi você quem escreveu isso?

— Não! Eu não escrevi nada. Nem peguei seu caderninho — respondeu ela, perguntando também: — O que está escrito?

Lucy tomou o caderninho das mãos de Tomás e notou que era a mesma caligrafia daquela anotação misteriosa. Sem assinatura também. Estava escrito:

Vá para casa, Lucy. Vá para casa. Ela está em casa.

— Ela está em casa? Quem está em casa? Na minha casa? — perguntava Lucy olhando para o recado misterioso. — Foi você que escreveu isso, Tomás?

— Não. Eu não escrevi nada. Não é minha letra, veja! Eu não estou gostando nada disso, Lucy. É um recado para você.

— Mas de onde? De quem? E o que quer dizer com "vá para casa"?

— Lucy, veja! Olha isso! — gritou Tomás com os olhos arregalados.

Mais palavras apareciam escritas no caderninho, sem que nenhum dos dois fizesse nada. Elas se escreviam sozinhas, sem caneta ou lápis. Diziam:

Vá para casa, Lucy. Estamos em casa. Siga a cachorrinha; ela vai te levar para casa.

— Lucy! — exclamou Tomás tentando fechar a boca para não dar um berro. — Seu vestido...Seu vestido está brilhando.

Lucy olhou para baixo, para seu corpo dos pés à cabeça, e seu vestido estava mesmo reluzindo. Estava brilhando feito uma estrela, emitindo uma luz azulada da cor de seu tecido. Ela se assustou tanto quanto Tomás, e, quando se preparou para sair correndo segurando uma das mãos do garoto, os dois ouviram três latidos de cachorro bem ao lado deles. Era Belinha. Quando voltaram a atenção novamente para o vestido, ele havia parado de brilhar, como um passe de mágica.

— Eu não estou mais com medo, Lucy — disse Tomás, pálido, segurando a mão da garota.

— Não?

— Não! Não estou mais com medo. Estou apavorado! O que vamos fazer?

— Vamos para casa — disse Lucy.

— Para casa? Vamos voltar agora que encontramos a cachorrinha?

— Não, Tomás. Não estou falando daquela casa lá atrás. Nós vamos para a Casa Velha, lá no topo da colina.

Esta história está virando um verdadeiro mistério. Palavras aparecendo escritas em um caderninho, dando dicas à Lucy sobre o que fazer; a busca pela cachorrinha que parece não ter fim; o vestido de Lucy que brilha como uma estrela azul e toda a história que envolve a Casa Velha.

A menina agora sentia uma grande vontade de ir direto para o Bairro Escondido. Parecia que alguma coisa queria que ela estivesse lá e fez com que Belinha, a cachorrinha, corresse direto naquela direção para que Lucy não fosse para outro lado. Tomás, o menino medroso cheio de coragem, seguia Lucy para onde quer que ela fosse. Claro, ele tinha medo porque não sabia nada do que estava acontecendo. Afinal, quem é que tem uma amiga que tem um vestido que brilha sozinho e um caderninho que faz aparecer um monte de palavras misteriosas escritas sozinhas?

As primas de Lucy, em suas conversas, já nos revelaram que ela não é uma menina como todas as outras. Ela tem poderes mágicos, e seus poderes vêm de seu vestido azul e de sua mãe, que era uma feiticeira. Lucy, na verdade, nasceu há um bom tempo, em meados de 1970, mas parece tão jovem, uma menina de seus doze anos de idade. Porém, esse mistério não é tão difícil de entender. Lucy é sim uma menina comum, igualzinha a toda menina de sua idade, mas, por ser filha de uma feiticeira e ter um vestido mágico, mesmo sem saber e sem querer, pode se proteger em um momento de perigo. Por exemplo, quando o homem do chapéu alaranjado invadiu sua casa e tentou roubá-la de seu pai, Arquimedes. O vestido foi quem a protegeu, pois estava encantado para isso. Pietra, ao fazer aquele vestido com suas próprias mãos, pôs nele um encantamento que protegesse sua filha e sua família, e foi exatamente isso o que aconteceu naquela noite na Casa Velha, no Bairro Escondido.

Não é difícil acreditar nessa história. Coisas mágica acontecem o tempo todo na vida de todo mundo. O barulho que o vento faz nas folhas das árvores; o sorriso no rosto de uma criança e a alegria em seus olhos; o coração batendo mais forte quando vemos uma pessoa de quem gostamos muito mesmo; o sol nascendo todos os dias trazendo um pouco de seu calor para nossas vidas; a lua cheia iluminando o céu noturno; o carinho sincero de um abraço de nossos pais, de nossas mães e familiares e todas as pessoas que nos amam de verdade. Todos nós somos surpreendidos por momentos mágicos em nossa vida, que nos trazem tanta alegria, tanta felicidade e energia que não podemos deixar de acreditar e sentir que existe alguém tomando conta da gente em algum lugar. No caso de Lucy, toda essa felicidade e proteção vinham de sua mãe por meio do vestido azul, que carregava a energia de todo o amor que Pietra sentia por sua filha.

Lucy e Tomás correram tão rápido quanto a cachorrinha Belinha, já não estavam mais no túnel. Não mesmo. Os dois jovens estavam no centro do Bairro Escondido, bem no meio, e quase se esqueceram de olhar para trás para ver o quanto estavam longe do outro lado da cidade, onde realmente moravam.

— Eu não aguento mais, Lucy. Não aguento mais correr. Estou cansado. Muito cansado.

Ele correu tanto que suas pernas se cansaram e ele acabou tropeçando e caindo no chão. Não se machucou, mas ficou com vergonha.

— Tomás, tá tudo bem. Você está cansado, eu também. A gente tá correndo tanto que nem percebemos quanto tempo se passou. Já é mais de meio-dia, e nós não comemos nada. Só bebemos água até agora... ainda bem. Não podemos ficar sem beber água, se não nosso corpo desidrata, fica seco, e a gente desmaia.

— Tem razão, Lucy. Ainda bem que trouxemos nossas garrafinhas d'água, podemos enchê-las na fonte daquela praça. Olha! Tem uma praça muito bonita cheia de árvores.

— Então vamos, meu amigo. Levante-se! Você consegue. Eu não vou te deixar aqui. Se você não quiser continuar, eu também não vou. Amigos não abandonam amigos.

Tomás se levantou e ficou muito feliz com o que ouviu de sua amiga. "Amigos não abandonam amigos". Isso foi muito bonito e demonstrou que Lucy se importava com ele. E esse sentimento era mútuo, pois ele tinha um carinho muito grande por Lucy.

Os dois foram até à praça e encheram suas garrafas em uma fonte muito limpa de água fresca e cristalina. Enquanto bebiam um pouco da água para se refrescar e comiam um lanche caseiro de pão com geleia que traziam em suas mochilas, os dois ouviram uma voz de mulher dizendo enquanto se aproximava:

— Não percam a cachorrinha de vista, crianças. Não a percam de vista.

Ao procurarem a dona da voz, viraram a cabeça para um lado e para o outro e avistaram aquele chapéu velho e alaranjado. Era a mesma senhora que dissera ter visto a cachorrinha Belinha, lá atrás na parte nova da cidade de Ondine. Ela disse que a cachorrinha havia corrido para o Bairro Escondido, e era verdade. Mas Lucy e Tomás se perguntaram o que ela estava fazendo ali no Bairro Escuro também, e como havia chegado lá já que parecia bem velhinha.

— Como será que essa mulher chegou até aqui ao mesmo tempo que a gente, Lucy?

— Eu não faço ideia, mas ela já está me assustando.

A senhora continuou a falar:

— Não percam a cachorrinha de vista, minhas crianças. Senão, ela vai correr para a colina, e vocês nunca mais vão encontrá-la.

As crianças não disseram nada. Apenas ficaram olhando a senhora andando, indo embora e falando sozinha. Lucy e Tomás sussurraram um para o outro que aquela mulher era muito estranha, com um chapéu velho e alaranjado mais estranho ainda. Quando olharam novamente, ela não estava mais lá. Havia sumido como num passe de mágica. Os dois ficaram de boca aberta. Aquela senhora não era tão rápida assim; não poderia ter andado tão rápido e sumido como sumiu.

— Pra onde ela foi, Tomás? Aquela mulher parece mais uma assombração, isso sim. Deve ser um fantasma brincando com a gente.

— Eu não sei. Não sei, não. Essa mulher me dá arrepios. Não sei se é ela ou aquele chapéu alaranjado. Mas com certeza me deixa arrepiado. Lucy, é melhor continuarmos. Temos que encontrar a Belinha e voltar para casa antes que suas primas e meu pai venham atrás de nós ou liguem para a polícia dizendo que a gente desapareceu também. Já pensou? Todo mundo desaparecendo nesta cidade? A cachorrinha, depois a gente...

— Você tem razão, Tomás — concordou Lucy, dando risada da graça de seu amigo. Eles não estavam desaparecidos.

Imaginem! Só estavam procurando uma cachorrinha que estava desaparecida. Assim que conseguissem capturar a Belinha, voltariam para casa. Na verdade, a cachorrinha nem estava desaparecida. Eles já a haviam encontrado, mas ela corria tanto que não conseguiam pegá-la.

Belinha correu rápida como o vento. Parecia um cavalo de corrida. Tomás e Lucy correram atrás dela e, quando perceberam, já estavam na última rua do Bairro Escondido, lá em cima, no ponto mais alto: na colina, bem em frente à Casa Velha.

— Tomás! Veja! A Belinha entrou no jardim daquela casa... daquela Casa Velha.

— Agora nós a pegamos, Lucy. Ela não tem como sair de lá.

— Belinha! — gritou Lucy. — Belinha! Venha aqui. Nós pegamos você. Já chega de correr.

A cachorrinha se abaixou e virou de barriga para cima, como quem esperasse um pouco de carinho. Lucy e Tomás se ajoelharam, começaram a fazer carinho e brincar com ela.

— Não acredito que conseguimos pegá-la, Lucy. Ela não parava de correr. Correu a manhã inteira — disse Tomás dando pulinhos de alegria.

— Verdade. Que cachorrinha mais rápida é essa... Você é muito sapeca, Belinha. Muito sapeca! Sua dona está preocupada, e você correndo aí feito doida para tudo o que é lado.

— Vou pôr a coleira nela para voltarmos para casa — disse Tomás.

Belinha agora estava com uma guia em seu pescoço e poderia ser acompanhada até sua casa, de volta para sua dona.

— Será que ela vai nos pagar aquela recompensa? — perguntou Tomás, abrindo sua garrafinha de água para refrescar a garganta.

— Acho que ela vai te pagar com todo aquele patê de azeitonas que você tanto adora — brincou Lucy, lembrando que o garoto detesta patê de azeitona.

— Credo! — exclamou Tomás com cara de nojo.

Nesse momento Belinha começou a se debater na coleira tentando escapar. Tomás tentou segurá-la de todas as formas e recebeu uma mordida na mão direita. Nada que lhe machucasse de verdade. Belinha deu apenas uma mordida de atenção para ele não continuar segurando-a.

— Ela te machucou, Tomás? — perguntou Lucy, assustada.

— Não, está tudo bem. Só arranhou um pouco. Ela não mordeu forte — respondeu ele, esfregando a mão direita com a esquerda para ver se não estava machucada de verdade.

Ao soltar-se da coleira, Belinha correu direto para dentro da casa. Eles estavam no jardim da Casa Velha. Aquela casa onde tudo havia acontecido no passado. Belinha correu e entrou pela janela direto na sala. Lucy e Tomás olharam um para o outro e concordaram em tentar tirar Belinha dali de dentro.

Na rua, sem que Lucy e Tomás vissem, a velha senhora de chapéu velho e alaranjado estava de olho em tudo o que os dois jovens faziam. Quando viu a cachorrinha entrando na casa, obrigando Lucy entrar também, ela soltou um sorriso maldoso e se transformou em outra pessoa. Aquela velhinha, na verdade, era Frederico, o homem de chapéu alaranjado que uma vez tentou raptar Lucy.

Frederico riu e disse:

— Isso mesmo, Lucy. Volte para casa! Agora você não me escapa.

Capítulo 6

POR DENTRO DA CASA VELHA

Lucy e Tomás entraram na Casa Velha. Encontraram Belinha deitada bem no canto da sala, com aquela cara de sorriso que os cachorros fazem quando estão cansados e com a língua para fora, respirando rápido. Os dois jovens pegaram-na novamente e se certificaram de que a coleira estava muito bem presa desta vez.

— O que foi, Lucy? — perguntou Tomás ao ver sua amiga em pé, olhando ao redor, por toda a sala.

— Parece que eu conheço esse lugar, mas acho que nunca vim aqui. Não me lembro de ter vindo a esse lado da cidade, muito menos a essa casa velha e abandonada — respondeu ela com uma cara de dúvida.

Tomás estava agachado checando a coleira da cachorrinha; quando se levantou, seu caderninho caiu de seu bolso e se abriu no chão. Lucy o pegou e percebeu que havia mais coisas escritas. Na verdade, novas palavras se escreviam magicamente no papel, como da última vez.

— Tomás, veja isso. Está fazendo de novo... o caderninho está escrevendo sozinho de novo — disse Lucy com os olhos arregalados.

— O que está escrito? — perguntou ele se levantando rápido para ver a mágica das palavras acontecendo diante de seus olhos.

Com o caderninho em mãos, Lucy leu as palavras em voz alta:

> *Você está em casa, Lucy. Está em casa agora.*
> *Mas tome cuidado com o homem de chapéu*
> *alaranjado. Ele quer a chave. Não deixe que*
> *ele pegue a chave.*

— Chave? Mas de que chave esse caderninho está falando? — indagou Tomás. — Tem mais, cadernos não escrevem sozinhos. Quero saber quem está fazendo isso, Lucy.

— Eu não faço a menor ideia, mas parece que quem está escrevendo nessas páginas está tentando nos ajudar — respondeu a menina olhando ao redor.

Os dois, então, ouviram um barulho na porta da frente, parecia que alguém estava tentando entrar. A porta estava trancada. Lucy e Tomás tinham entrado por uma janela aberta.

Pela vidraça da janela ao lado da porta, Lucy viu a sombra de alguém tentando espiar o lado dentro da casa. Ela fez sinal com o dedo na boca para que Tomás e Belinha não fizessem barulho. A pessoa do outro lado se aproximou mais da janela, e Lucy viu por uma fresta na cortina o chapéu alaranjado, igual ao daquela senhora na rua, mas esse parecia muito novo e tinha uma pena de pássaro bem grande presa ele. A menina olhou para trás com o rosto assustado. Tomás estava tapando a própria boca para não fazer barulho. Estão todos ficaram muito quietos, pois assim a pessoa misteriosa na porta da frente poderia desistir de tentar entrar e iria embora. Mas Belinha fez o que todos os cachorros sabem fazer quando menos precisam: começou a latir sem parar.

Era Frederico que estava do outro lado da porta tentando entrar na casa. Lucy percebeu que era um homem, e não a senhora de chapéu estranho e alaranjado. Frederico tentava abrir a porta forçando a maçaneta, mas não conseguia...

— Lucy, seu vestido! — disse Tomás, sussurrando à sua amiga, cujo vestido estava brilhando como da última vez.

O homem de chapéu alaranjado escutou os barulhos e deu três socos na porta:

— Eu sei que vocês estão aí, crianças. Eu sei que estão aí. Deixem-me entrar! Abram!

Belinha latia cada vez mais alto. Parecia que estava avisando Lucy e Tomás que aquele homem era perigoso.

O vestido azul de Lucy começou a brilhar ainda mais. Frederico resolveu entrar pela janela e quebrou o vidro com um pedaço de madeira.

66

Tomás deu um grito com o susto, e Lucy saiu correndo em direção a ele e à cachorrinha. Frederico estava entrando pela janela e falando:

— Eu não quero machucar vocês, crianças. Eu só quero a chave. Onde está a chave, menina? — pergunta ele olhando diretamente para Lucy.

O brilho do vestido se intensificou. Belinha latia cada vez mais alto, e Tomás disse para eles fugirem o mais rápido possível. Lucy pegou a cachorrinha no colo e abraçou Tomás com toda força. Ela então fechou os olhos, e a luz de seu vestido ficou tão forte que Frederico não conseguia ver nada.

Quando Lucy e Tomás abriram os olhos, já não estavam mais dentro da Casa Velha no Bairro Escondido. Não, não estavam. Os três estavam na sala da casa de Lucy. As duas viram tudo, pois estavam sentadas no sofá assistindo à televisão. Viram uma luz, um brilho forte bem no meio da sala, e, quando se apagou, tudo muito rápido, lá estavam Lucy, Tomás e Belinha, como um passe de mágica bem diante dos olhos de Linda e Amanda.

Todos estavam se olhando com cara de assustados, com suas bocas abertas e olhos arregalados parecendo corujas. Menos Belinha, que abanava o rabo e pulava de um lado para o outro. Ao se olharem, Lucy e Tomás exclamam: "*Uaaaauu!!!*".

O QUE ACONTECEU?

Depois de toda essa aventura, Lucy sendo guiada por bilhetes que se escreviam sozinhos no caderninho, seu vestido se iluminando feito uma estrela azul e transportando ela, seu amigo e a cachorrinha de um lugar para o outro como um passe de mágica, suas primas não podiam mais esconder o que sabiam.

Primeiro, contaram para a menina sobre o vestido.

— Lucy, você já percebeu que este seu vestido azul é mágico, não é? — disse Amanda, sendo corrigida por Linda:

— Amanda, a essa altura, todo mundo já percebeu que o vestido é mágico, né?.

Bom, isso era mais do que verdade. Que o vestido azul de Lucy era mágico todos já sabiam, o que Lucy não sabia era o motivo.

— Lucy, meu amor, essa história começou há muito tempo, você nem era nascida. Começou com sua mãe, nossa prima.

— Minha mãe? O que tem minha mãe? Vocês me disseram que ela morreu quando eu era um bebezinho.

— Nós sabemos, querida — respondeu Amanda. — Sabemos que contamos essa história para você, mas não é verdade. Sua mãe estava fugindo de bandidos que tentavam fazer mal a ela e a você. Ela estava indo para casa quando eles a pegaram. Você não era mais um bebezinho nessa época. Você já tinha doze anos de idade.

— Mas eu tenho doze anos de idade — respondeu Lucy.

— Sim, meu amor — concordou Linda, continuando a explicação: — Você tem a mesma idade que tinha quando tudo aconteceu, pois o vestido protegeu você, da mesma forma que agora há pouco quando vocês foram transportados pela luz do vestido até aqui.

Amanda olhou fundo nos olhos de Lucy e contou sobre Pietra.

— Sua mãe era uma feiticeira, minha querida. Ela tinha poderes mágicos, assim como sua avó e todas as mulheres da família antes delas. É uma coisa muito antiga. Pietra costurou este seu vestido azul com uma linha encantada, que ela mesma enfeitiçou, para que fosse um vestido mágico e que protegesse você de qualquer perigo.

— Como o de agora há pouco? — perguntou Tomás que ouvia toda a conversa.

— Por que, Tomás? O que aconteceu? — perguntou Linda.

O garoto olhou para Lucy e ficou com medo de responder. Então, ela contou o que havia acontecido na Casa Velha lá no Bairro Escondido. Contou sobre a cachorrinha ter corrido até lá, e eles terem-na seguido. Contou sobre a mulher e o homem de chapéu alaranjado e que eram a mesma pessoa e como a mulher havia se transformado naquele homem com cara de mal que tentou pegá-la na Casa Velha.

Amanda e Linda ficaram de boca aberta ao saberem do homem de chapéu alaranjado, tendo certeza de que era o mesmo homem do passado: Frederico.

— Lucy, meu amor, o nome desse homem é Frederico — continuou Linda a contar a história de Lucy. — Ele é um feiticeiro maldoso que uma vez tentou capturar você na Casa Velha, onde você morava com seu pai e sua mãe. Aquela casa é sua por direito, sempre foi. Seus antepassados a construíram quando ainda nem existia esse lado da cidade. Era apenas uma casa em uma colina construída por seu bisavô e sua bisavó; a cidade de Ondine foi fundada alguns anos mais tarde, naquele lado. Só muitos anos depois é que cresceu para este lado da colina, e aquele ficou conhecido como Bairro Escondido, por ter a colina separando os dois lados.

— Prima Linda, eu não entendi três coisas. A primeira é: como eu posso ter doze anos de idade ainda se, pelo que vocês estão me contando, essa história aconteceu há mais de trinta anos? A segunda é: o que esse homem, esse tal Frederico, quer comigo?

— E qual a terceira coisa que você quer saber, minha querida? — perguntou Linda.

— O que aconteceu com meus pais?

Seguindo a ordem das perguntas que Lucy fizera, Linda respondeu:

— Bom, vamos pela ordem, Lucy. Primeiro: não sabemos ao certo como você ainda tem doze anos de idade, você deveria ter a nossa idade, pois nós temos um pouco mais de trinta anos e, quando éramos pequenas, brincávamos com você na Casa Velha. O que pensamos é que você foi protegida pelo vestido quando aquele homem tentou lhe fazer mal, com isso lhe manteve jovem. Você desapareceu por muito tempo, Lucy. Amanda e eu não estávamos na casa quando tudo aconteceu, mas soubemos da grande luz brilhante que tomou da casa, fazendo tudo desaparecer. Pensávamos que tivesse acontecido o pior com você, que nunca mais a veríamos. Mas certa noite, há alguns anos, e Amanda e eu já éramos adultas, vimos aquela luz novamente lá no alto da colina e fomos até lá para saber o que acontecia. Quando entramos na casa, você estava deitada no chão da sala, desmaiada. Então a trouxemos para nossa casa e cuidamos de você desde então; você nunca se lembrou de nada. Por isso, contamos aquela história sobre sua mãe, para que não corresse riscos novamente, nunca mais.

Amanda tomava a palavra, dizendo:

— Sobre aquele homem, minha querida, sabemos que ele quer o que sempre quis toda a sua vida: a chave.

— Chave? Que chave é essa? — perguntou Lucy. — Todo mundo fala dessa chave, e eu não faço a menor ideia do que é.

— Como assim, Lucy? O que você quer dizer com "todo mundo fala dessa chave"? — indagou Linda com as sobrancelhas erguidas.

Lucy contou sobre os recados que apareciam escritos no caderninho de Tomás, que tomou liberdade de mostrá-lo a elas.

— Veja, aqui está, dona Linda — disse o menino, abrindo o caderninho nas páginas onde as palavras apareciam escritas.

Linda e Amanda pareciam não acreditar no que estavam vendo e lendo. Não era possível, pensavam elas. Não podia ser.

— Lucy, quando você viu essas anotações aparecendo? — perguntou Amanda.

— Uma delas já estava no caderninho. Essa aqui, olha... — respondeu a garota, abrindo o caderninho na página em que estava escrita a anotação de Gustav, o pai de Tomás, e a anotação com a letra de mulher embaixo da dele. — Depois apareceu essa aqui e essa e mais essa.

— De quem é mesmo esse caderninho? — indagou Linda.

Tomás, tomando a frente, respondeu:

— É do meu pai, dona Linda. É um caderninho muito velho, de quando ele tinha a minha idade. A primeira anotação é dele, e a de baixo ele já me disse uma vez que não sabe quem escreveu.

— Vocês sabem quem foi? — perguntou Lucy para suas primas, que pareciam conhecer aquela caligrafia.

— Lucy, meu amor... essa letra é da sua mãe.

Linda, Amanda e Lucy conversaram por bastante tempo naquela tarde de sábado e não perceberam que a noite já se aproximava. Tomás e a cachorrinha Belinha ainda estavam com elas. Ele participava da conversa e de todas as explicações que Lucy pedia para as suas primas, que contavam tudo o que sabiam.

— Esperem aí! — exclamou Tomás, chamando atenção de todas elas. — Falta vocês responderam outra pergunta que a Lucy fez. Onde estão os pais dela? O que aconteceu com eles?

O menino estava atento. Tanto ele quanto Lucy queriam saber o que havia acontecido com Pietra e Arquimedes. Afinal, já sabiam que Pietra fora encontrada em um carro desacordada na mesma noite de toda aquela confusão, a luz brilhante feito estrela e o barulho tomaram conta de tudo, fazendo Lucy desaparecer por muitos anos. Já sabiam sobre o vestido. Já sabiam sobre toda a mágica que protegia Lucy de todas as coisas ruins e que foi um feitiço de sua mãe para que a menina nunca sofresse nenhum mal. Mas onde, afinal de contas, estava Pietra e Arquimedes?

Outra dúvida que ainda não tinha sido totalmente esclarecida era sobre a chave. O que era essa chave? Onde estava e qual porta ela abria?

— A chave não é uma chave de verdade. Não se parece nada com uma chave — começou Linda a falar e, finalmente, esclarecer essa dúvida. — Essa "chave" na verdade é um prendedor de cabelo em forma de número oito, deitado. É um símbolo de eternidade, de uma coisa que dura para sempre. Sua mãe recebeu esse prendedor de cabelo da mãe dela, que o recebera da avó e assim por diante. Elas sempre protegeram a chave. Esse prendedor de cabelo é encantado, e é com ele que se abre a passagem para o outro mundo, um mundo encantado onde todas as pessoas são felizes, onde não existe miséria, nem brigas, nem gente má, onde todos convivem pacificamente. Esse mundo se chama Harmonia.

— É um objeto mágico, Lucy. Uma relíquia. É tão antigo quanto a mais antiga das civilizações do nosso mundo — disse Amanda, contribuindo para a explicação.

— Bom, acho que entendi. A "chave" não é uma chave, igual chave de porta. É esse objeto encantado — confirmou a menina, balançando a cabeça. — E o que Frederico quer com a "chave"?

— Nesse mundo, em Harmonia, existe outra relíquia mágica que pode dar poderes além da nossa compreensão. Acho que Frederico quer encontrar essa relíquia para se tornar o feiticeiro mais poderoso que existe. Nós não podemos deixar que isso aconteça. Temos que proteger a chave, como sua mãe protegeu.

— Será que meus pais estão vivos? A luz do vestido pode ter protegido os dois também, não pode? — perguntou Lucy.

— Do mesmo jeito que o vestido protegeu você, Lucy, a luz pode ter levado seus pais para outro lugar. Podem estar vivos, mas não sabemos onde — respondeu Amanda, com um olhar triste, pois haviam tentado encontrar os pais de Lucy por muitos anos, sem nenhuma pista.

— Eles devem estar em Harmonia, naquele mundo mágico. A luz pode ter enviado eles para lá — disse Tomás, intrometendo-se na conversa, mas conseguindo ajudar com um bom pensamento.

— Se isso for verdade, nós precisamos encontrar a chave e abrir o portal para o mundo de Harmonia — completou Lucy.

— Isso pode ser muito perigoso, Lucy. Abrir o portal pode chamar a atenção de todas as pessoas más que estão tentando a mesma coisa, e nós não temos a chave, nem a certeza de que seus pais estejam no mundo de Harmonia — disse Linda.

— Nós temos que tentar. Temos que encontrar meus pais e derrotar aquele mago de meia tigela do chapéu alaranjado. Esse tal de Frederico... *rufh*! Vamos derrotá-lo. Ele não vai pegar a chave — falou Lucy com o olhar sério, pois queria muito reencontrar seus pais e pretendia encontrar a chave antes que Frederico colocasse suas mãos nela.

Nesse momento eles ouviram um barulho alto e estridente que fez com que tomassem um grande susto, pois estavam muito concentrados em todo aquele assunto mágico. Linda e Amanda soltaram gritinho e logo tamparam suas bocas com as mãos.

O barulho se repetiu.

— *Ufa*! É só a campainha — disse Amanda. — Nossa, que susto! Quase desmaiei.

Do outro lado da porta, estava Gustav, preocupado com o horário. Ao vir o pai do menino, Lucy pediu ao amigo que mantivesse segredo sobre todo aquele mistério, pelo menos por enquanto.

— Pode deixar, Lucy. Não vou contar nada. Ah, eu já estava esquecendo: temos que devolver a Belinha para a dona Luísa; dizer que conseguimos recuperá-la.

Linda e Amanda disseram que já estava tarde e que elas poderiam levar a cachorrinha.

— Não se preocupe, Tomás! Deixe com a gente agora.

Ao atenderem a porta, Gustav cumprimentou a todos e ficou feliz em saber que Belinha, Lucy e seu filho estavam a salvo, mesmo sem fazer ideia da aventura que haviam passado. Tomás e o pai se despediram e voltaram para casa.

Lucy e as primas foram até a casa de dona Luísa devolver Belinha. Ela recebeu as três com muita alegria e não conseguia esconder o sorriso e a felicidade em ter sua cachorrinha de volta em seus braços. A mulher quis pagar a recompensa que havia prometido, mas Lucy rejeitou, dizendo que não era preciso e que fizeram aquilo para ajudar; rindo, pediu que dona Luísa tivesse mais cuidado a partir de agora e não deixasse mais sua cachorrinha sair correndo, pois ela corria tão rápida quanto o vento, e era muito difícil de acompanhar.

Lucy, Amanda e Linda voltaram para casa, quando anoitecia. No caminho pararam para tomar um sorvete. Cada uma pediu seu sabor favorito: morango para Linda, pistache para Amanda e chocolate com cobertura de chocolate para Lucy, muita cobertura.

Capítulo 7

A CHAVE MÁGICA

Por mais que naquele sábado tivesse feito muito calor o dia todo, à noite choveu bastante. É quase sempre certo que, depois de um dia muito quente e abafado, chova. E foi o que aconteceu. Choveu muito durante a noite, e na manhã de domingo o dia estava gelado. Não muito frio, na verdade. Apenas gelado.

Linda acordou Amanda, que gostava de dormir até mais tarde aos domingos e normalmente não tinha muita responsabilidade com horários: vivia perdendo a hora para tudo, sempre atrasada, até mesmo durante a semana. Mas aquele dia era diferente. Amanda tinha que acordar e se aprontar para saírem, pois elas e Lucy voltariam ao Bairro Escondido para procurar a chave do portal. Elas acreditavam que a chave estava escondida em algum lugar na Cada Velha e combinaram de procurá-la para abrirem o portal para o mundo de Harmonia e saberem se Pietra e Arquimedes estavam ou não naquele lugar, mesmo depois de tanto tempo. Lucy precisava saber a verdade e precisava resgatar seus pais, suas primas não negariam essa vontade à menina.

— Me deixa dormir mais um pouco. Só mais cinco minutos — pediu Amanda ao ser acordada por sua irmã.

— Nem mais cinco nem mais três — respondeu Linda. — Anda logo! Levanta dessa cama e vai se arrumar.

— Por que você não vai acordar a Lucy primeiro e depois volta aqui e me acorda? — pediu Amanda novamente, fazendo piada.

— Primeiro, porque a Lucy já está acordada faz tempo. Levantou da cama antes de mim, de tão ansiosa que está. Segundo, eu sei que você vai dormir o dia inteiro se eu deixar. Então levanta logo, bicho preguiça! Estamos te esperando na cozinha para o café da manhã.

Amanda fazia caretas enquanto sua irmã falava, obrigando-a a se levantar da cama sem querer. Tomou um bom banho, se vestiu e foi direto para a cozinha pegar uma xícara de chá. Sua irmã e sua prima estavam conversando sobre o plano de voltar à Casa Velha. Falavam sobre tudo o que poderia acontecer. Perguntavam-se sobre não encontrar a chave, o que fazer se ela não funcionasse ou se Frederico aparecesse novamente.

— Como vamos saber se isso vai funcionar? — perguntou Amanda enquanto enfiava um pedaço de bolo inteiro na boca.

— Não sabemos — respondeu Linda. — Mas temos que tentar. O vestido de Lucy já revelou seu poder, então é hora de descobrimos onde está a chave e tentarmos salvar a prima Pietra e Arquimedes.

— Eu sei o que pode nos ajudar! — exclamou Lucy. — O caderninho. O caderninho do Tomás, aquele que tem a letra da minha mãe. É nele que as palavras aparecem, pode ser que ela nos ajude a encontrar a chave lá na Casa Velha.

— Então vamos buscar o caderninho com o Tomás na casa dele — disse Amanda.

— Ele não vai deixar o caderninho comigo, não se ele não estiver junto. Ainda mais quando souber o que vamos fazer.

— Então, vamos levá-lo junto, ué — continuou Amanda.

— Gustav não vai deixar. Não podemos mentir para ele e levar o filho dele em uma missão mágica de resgate — respondeu Linda.

— Então, vamos levar ele também — disse Amanda com um grande sorriso nos lábios, como se estivesse coberta de razão.

A ideia da Amanda não era de todo ruim. Na verdade, uma ajudinha seria muito bem-vinda. Tomás e Gustav poderiam acompanhar as três nessa aventura. Outro motivo pelo qual seria boa a presença de Gustav era que ele era a única pessoa — mesmo lá em sua infância — a ver tudo o que acontecera na Casa Velha. Amanda e Linda, claro, conheciam Pietra e Arquimedes, pois são da família, mas foram o Gustav e seu pai quem primeiro correram para tentar ajudar os moradores da Cada Velha quando todos pensavam que a luz e o barulho fossem de uma grande explosão. Gustav não se lembrava de nada, mas essa "visita ao passado" poderia ajudá-lo a se lembrar do que vira e poderia ajudar a encontrar Pietra.

Um pouco mais tarde, as três chegavam à casa de Tomás. Ele estava esperando por elas, pois Lucy tinha ligado avisando que iriam e que precisavam conversar com ele e o pai. Gustav não sabia do que se tratava e deu uma bronca em Tomás, perguntando o que ele havia feito de errado, se havia aprontado alguma travessura. Não era nada disso. Mesmo assim, Gustav ficou com uma pulga atrás da orelha.

Ao chegarem, todos se cumprimentaram, e Amanda não parava de sorrir olhando para Gustav.

— Amanda! — disse Linda bem baixinho dando uma cotovelada em sua irmã. — Para de sorrir desse jeito. Está assustando todo mundo.

— Eu gosto do jeito que o Gustav fala. É bonitinho. Ele é tão fofo — respondeu Amanda, sussurrando.

Linda franziu a testa e fez uma cara de quem não tinha ouvido aquilo. "Só faltava essa", pensou ela. "Minha irmã apaixonada".

Gustav perguntou para as primas de Lucy o que havia acontecido, em qual encrenca seu filho havia se metido agora. Elas responderam que ele não havia feito nada de errado, que, na verdade, havia ajudado muito a Lucy com a busca da cachorrinha desaparecida.

— Fizeram um ótimo trabalho, esses dois — concordou Gustav.

— Pois é, fizeram sim. Agora nós precisamos de Tomás, mais uma vez, e de você também, Sr. Gustav.

— Por favor, Amanda, me chame apenas de Gustav. Não precisa de tanta formalidade me chamando de senhor o tempo todo. Temos todos a mesma idade, afinal de contas — disse o pai do garoto para a irmã de Linda, que ficou toda envergonhada e com as bochechas vermelhas.

— Tá bem, Gustav — respondeu ela encantada.

Linda explicou tudo a Gustav e a Tomás, mesmo que o menino já soubesse de praticamente toda a história. Ela contou ao pai do garoto o que havia acontecido no passado, lá no Bairro Escondido, quando ele também era uma criança; falou sobre Pietra e Arquimedes, sobre a Casa Velha e a luz brilhante que tomou conta de toda a cidade naquela noite, mas Gustav não se lembrava. Ficou chocado com o que aconteceu e disse que não acreditava em magia e toda aquela história de o vestido da Lucy ser enfeitiçado e ter poderes.

Lucy, então, pegou o caderninho das mãos de Tomás e mostrou a Gustav. Abriu bem na página na qual ele havia anotado sobre a noite misteriosa e perguntou se ele se lembrava de ter escrito aquelas palavras. Ele respondeu que não, mesmo a anotação tendo sido feita por ele, pois reconheceu sua letra no caderninho. A anotação de baixo, essa ele não fazia ideia de quem havia escrito.

— Nunca vi essa caligrafia em toda a minha vida — disse.

— Sr. Gustav, essa letra é da minha mãe. Ela escreveu essa anotação em seu caderninho quando tudo aconteceu naquela noite. O senhor não se lembra porque a luz emitida pelo vestido apagou a memória de todos na cidade, para que ninguém soubesse o que havia acontecido. Isso aconteceu para que ninguém encontrasse a chave que estamos procurando.

— Eu não me lembro de sua mãe, nem de eu ter escrito nada disso. Mas de uma coisa eu tenho certeza: nunca deixei ninguém pôr as mãos em nenhum de meus caderninhos. Sua mãe, nunca poderia ter escrito nada nele.

— Ela não escreveu com as próprias mãos, Sr. Gustav. Escreveu com magia, fez com que suas palavras aparecessem em seu caderninho, pois foi o jeito que encontrou de se comunicar. De alguma forma, ela confiava no senhor. O senhor pode não se lembrar dela, mas ela se lembra do senhor.

— Papai, veja, veja só... — disse Tomás, mostrando as outras anotações no caderninho. — Veja essas notas aqui: não fui eu que escrevi. Elas apareceram ontem quando estávamos precisando de ajuda para encontrar a cachorrinha e nos disseram para tomarmos cuidado, falaram para Lucy ir para casa, mas era a Casa Velha, a verdadeira casa da Lucy.

Gustav queria acreditar, até tentava imaginar tudo aquilo acontecendo, mas não era o suficiente. Ele havia esquecido tudo o que acontecera naquele dia, não só ele: ninguém se lembrava daquela noite, pois todos tiveram suas memórias apagadas pela luz mágica para proteger a Lucy e a chave. Gustav tentou, se levantava e se sentava em seu sofá e bebia seu café.

— Eu não consigo. Não consigo me lembrar! — exclamou ele, inquieto. — Isso não pode ser verdade. É só uma história, um conto de fadas para crianças!

78

Todos ficaram quietos olhando para Gustav e não viam outra solução, a não ser continuarem sua busca sozinhos, sem a ajuda dele. Nesse exato momento de dúvida, eis que o inesperado aconteceu: o caderninho de Tomás começou a brilhar, e a luz esquentou as mãos de Gustav, que o estava segurando. Todos se levantaram, e Gustav soltou o caderninho sobre a mesa de centro na sala, que se abriu em uma página em branco, brilhou ainda mais forte enquanto Gustav olhava fixamente e de boca aberta. De repente, novas palavras surgiram.

> *Ajude-os, Gustav. Ajude-os. Você tem que se lembrar daquela noite. Você viu o que aconteceu. Você era apenas um garoto da mesma idade que ela, e sempre foram grandes amigos. Ajude minha filha a encontrar a chave.*

— Como vocês fizeram isso? — perguntou Gustav, assustado.

— Não fomos nós, Sr. Gustav. Foi minha mãe — respondeu Lucy.

Ao dizer isso, seu vestido voltou a brilhar. Amanda e Linda perceberam que era hora de ir, com ou sem Gustav, que não acreditava no que havia acontecido bem naquele instante diante dos seus olhos.

— Seu vestido... seu vestido está se iluminando — disse ele apontando para a garota. — Vejam... Estão vendo isso?

— Sr. Gustav, nós precisamos de sua ajuda, mas vamos entender se não quiser vir com a gente — disse Amanda.

— Papai... por favor — pediu Tomás. — Temos que ajudar.

— Não podemos esperar mais. Temos que ir agora — disse Lucy, segurando as mãos de suas primas.

Gustav e seu filho fizeram o mesmo. Linda, Amanda, Lucy, Tomás e Gustav, todos de mãos dadas faziam um círculo no centro da sala. A luz do vestido ficou cada vez mais forte. Todos fecharam os olhos por conta do brilho, ouviu-se um barulho forte como um trovão e depois, apenas silêncio. Tudo muito rápido, em uma fração de segundo, e, quando abriram os olhos novamente, estavam no centro da Casa Velha, no Bairro Escondido.

— Precisamos encontrar a chave — disse Lucy começando a andar pela sala e procurar algum esconderijo, um cofre ou qualquer lugar onde possa estar o objeto mágico. Todos fizeram o mesmo e puseram-se a procurar. Até mesmo Gustav, que já não duvidava de todo o mistério e da magia envolvida nesta história.

Era manhã de domingo, perto das nove horas, e o clima estava agradável, muito fresco por conta da chuva da noite passada. Porém, deste lado da colina o frio era mais forte, pois a Casa Velha ficava bem no alto, no ponto mais alto da colina, e o vento ali soprava com mais força. Tomás correu até a porta para procurar a chave mágica do lado de fora e, no momento que a abriu, se deparou com uma neblina muito densa. Não dava para ver nem do outro lado da rua... Ele respirou fundo e, quando soltou o ar, saiu aquele sopro gelado, aquela umidade em forma de fumaça que sai pela nossa boca quando o clima está frio de verdade. Tomás olhou de volta para dentro da casa...

— Não estava tão frio assim quando chegamos.

Nesse momento, o garoto levou um empurrão de alguém do lado de fora e caiu quase no meio da sala. Todos se assustaram e correram para ajudá-lo. Gustav foi até a porta para saber quem agredira seu filho, mas a neblina estava ainda mais grossa, e ele foi obrigado a parar sua corrida de uma vez.

— Não dá para ver nada — disse.

A neblina entrava pela porta da frente e começava a tomar forma.

— Você não consegue ver, pois está com medo, Gustav — disse a voz que vinha da neblina. — Afinal, você é só um garoto.

Gustav não era um garoto, era um homem adulto, e sentiu que aquela voz o conhecia há muito tempo. Lembrou-se de já tê-la ouvido em algum momento. Ele, então, apanhou seu filho fazendo com que todos corressem para o outro lado da sala enquanto a neblina se transformava numa forma humana. Ao vê-la tomando forma, Lucy reconheceu o homem.

— É ele! — exclamou a menina. — É o Frederico, o homem de chapéu alaranjado. Ele veio buscar a chave.

— Você tem razão, criança. Tem toda razão — respondeu Frederico, já assumindo sua forma humana. — Dê-me a chave, menina. Dê-me a chave, e eu deixarei todos vocês irem embora.

— Nunca! — gritou ela. Você não pode pegar a chave para o portal. Você é uma pessoa má, e más pessoas não se importam com as outras. Você não nos deixaria ir.

— Pequena menina, você é muito esperta para a sua idade. Tão esperta quanto há trinta anos. Eu não sou uma pessoa má. Acredite.

— Uma pessoa como você, que só pensa em si mesma e acredita que pode conseguir tudo sem se importar com ninguém, só pode ser uma pessoa má — disse Lucy. — Nunca confiaríamos em você.

— Bom, então eu terei que pegar a chave à força.

Após dizer isso, Frederico andou com passos largos em direção a Lucy; suas primas e Gustav correram para impedi-lo, mas sem sucesso, pois ele emitiu uma luz escura de uma da mão esquerda e os jogou do outro lado do cômodo. Tomás tentou ajudar e acertou um chute com o bico do tênis bem na canela de Frederico, que se irritou tanto com o garoto que lhe deu um tapa no rosto. Tomás caiu. Ao ver toda essa cena violenta causada por Frederico, Lucy sentiu seu corpo todo se esquentar, e seu vestido se tornou brilhante novamente. Ela correu em direção ao mago do mal e gritou "Vá embora!", dando-lhe um empurrão muito forte que o arremessou para fora da casa. Ele saiu voando pela janela, tamanha a força que o vestido conferiu à menina.

— Vamos! Temos que encontrar a chave antes que ele volte — disse Lucy.

— Lucy! Lucy, veja! — gritou Tomás. — É o caderninho...

Lucy pegou o objeto e o abriu em outra página em branco, na qual logo apareceram novas palavras de sua mãe, dizendo:

> *Vá até a cozinha, Lucy. A chave está dentro da parede, atrás do quadro de seu pai. Use a força do vestido para tirá-la de lá.*

Quando eles chegam até a cozinha, porém, não havia quadro algum. Não havia nenhum móvel, nenhum objeto na casa. Como saberiam onde estava o quadro?

Linda, então, disse que na casa sempre havia muitos quadros e espelhos pendurados, em praticamente todos os cômodos. Eram retratos pintados de parentes antigos, de paisagens e animais;

disseram que um dos quadros era um retrato de Arquimedes sentado do lado de fora da casa, nas escadas. Fora pintado pela própria Pietra, mas ninguém lembrava com clareza onde ficava.

Lucy fechou os olhos e tentou lembrar. Fixou os olhos com força e passou suas mãos pelas paredes da cozinha tentando sentir em sua memória onde havia visto o quadro pela última vez antes de todos desaparecerem naquela noite.

— Aqui! — exclamou a menina. — Era aqui que o quadro ficava.

— Temos que quebrar a parede — disse Linda.

— Mas não é tão fácil como a gente vê nos filmes, né? — retrucou Amanda, dando uma risada totalmente fora de hora enquanto todos olham para ela balançando suas cabeças. — Hum... pareceu engraçado quando eu pensei.

— Em vez de fazer piada, por que você não descobre um jeito de tirar a chave de dentro da parede? — perguntou sua irmã, dando-lhe uma bronca por causa da seriedade do momento.

— Estou tentando. Estou tentando — repediu Amanda.

— Tomás, veja se tem mais alguma dica da Pietra no caderninho — pediu Gustav.

O menino já estava fazendo isso. Ele não parava de procurar pistas em seu caderninho, mas não havia mais nada escrito. Nenhuma palavra. Pietra não estava se comunicando.

— Estão sentindo? — perguntou Tomás. — Está ficando frio de novo.

Era um mau sinal. Frederico estava voltando.

— Lucy, seu vestido! — disse Gustav.

— É ele. Frederico está aqui de novo. Tomem cuidado — falou Linda. — Temos que pegar a chave antes dele.

Gustav, então, encontrou um pedaço de barra de ferro que fazia parte da janela que se quebrou quando Frederico atravessou-a com a força de Lucy. Ele batia a barra contra a parede tentando cavar um buraco, mas não era nada fácil. Estava usando toda a sua força, mas parecia não funcionar. Amanda e Linda também pegaram barras de ferro da janela e ajudavam Gustav. Os tijolos da parede começaram a se quebrar. Os três bateram tão forte que seus braços já estavam dormentes. Quando, finalmente, estavam conseguindo abrir um buraco na parede a ponto de verem do outro lado, Frederico reapareceu.

— Eu não terei mais paciência nem piedade de vocês. Todos! — gritou Frederico. — Me deem o que eu quero e me deem agora!

Todos estavam em silêncio. Ele olhou para a parede e logo imaginou que a chave estaria ali. Lucy estava tão apavorada que não conseguia pensar em outra coisa senão proteger a chave, suas primas e seus amigos. Seu vestido voltou a brilhar muito forte, todos cobriram os olhos com as mãos para conseguirem ver alguma coisa. Ela correu direto ao encontro de Frederico que se preparava para dar um golpe mágico na parede em busca da chave. Ele se virou com muita velocidade e soltou uma magia pelas mãos em direção a Lucy. Pensando muito rápido, ela esticou seus braços para frente e também soltou pelas mãos um grande feixe de luz na direção de Frederico. A energia dos dois se encontrou e fez a casa toda estremecer com o brilho e o barulho. Agora os dois estavam brigando de verdade em uma batalha mágica cheia de poderes, luzes, barulho e gritos.

Linda e os outros não podiam fazer nada a não ser assistir à batalha torcendo para que Lucy derrotasse o mago do mal.

— Não podemos ficar assistindo — gritou Amanda. — Lucy pode se machucar. Temos que fazer alguma coisa.

Eles começaram a arremessar todos os objetos que encontravam direto em Frederico para fazê-lo parar, mas não adiantava. Parecia que ele tinha algum tipo de campo de força ao seu redor.

— Você não vai conseguir, menina. Nunca irá me derrotar! — gritou Frederico. — Desista! Desista agora antes que eu acabe com todos vocês. Você não sabe o poder que tem esse seu vestido. Você não merece esse poder! Vou absorvê-lo todo para mim, e ele não passará de um pano de chão azul.

Frederico conseguiu pegar Lucy com suas mãos e ergueu-a o mais alto que pôde. Ninguém podia fazer nada, pois eles estavam dentro do campo de energia criado por Frederico. Gustav e Tomás batiam no campo de forças, mas não conseguiam penetrá-lo.

83

Linda e Amanda vasculharam por toda parte nos destroços da parede que fora quebrada durante a briga tentando encontrar a chave.

Lucy estava fraca, não conseguia revidar e se soltar das garras de Frederico. O brilho de seu vestido mágico estava se apagando lentamente como uma pilha a enfraquecer.

— Eu não me importo com nenhum de vocês, criança. Quero apenas a chave e todo o poder do mundo. Eu me tornarei o mago mais forte de todos! — confessou Frederico. — É só isso o que me importa. Sua mãe não teve a menor chance naquela noite. Ela foi fraca, igualzinha a você. Não foi capaz de proteger sua própria filha.

Lucy começou a chorar, pois, mesmo tendo todo o poder que sua mãe havia lhe dado pelo vestido azul, ela era apenas uma criança e achava que não poderia derrotar um mago tão poderoso e mau quanto Frederico. Mas estava errada. Ela não conhecia todo o poder que tinha dentro de seu coração. Enquanto Frederico falava sobre como foi fácil derrotar Pietra e Arquimedes no passado naquela mesma sala em que estavam agora, Lucy começou a recuperar sua memória.

— Você não se lembra de nada, criança. Não se lembra de nada do que aconteceu naquela noite. Eu derrotei seus pais com as mãos nas costas e por pouco não peguei você também — continuava Frederico com Lucy ainda em suas mãos, sugando suas energias. — Mas desta vez será diferente. Você não vai me escapar, e eu vou sair daqui com a chave, vou destruir o mundo de Harmonia e todos que estiverem nele.

Não era verdade. Lucy agora sabia que não eram verdadeiras aquelas palavras sobre Frederico ter derrotado seus pais. Ela lembrou. Não foi isso o que acontecera. Pietra fora pega em uma armadilha, mas não estava morta. Arquimedes lutara bravamente contra o mago do mal ali mesmo naquela sala. Lucy lembrou, e sua memória lhe mostrou que fora ela quem expulsou Frederico da Casa Velha com o poder de seu vestido azul, que protegeu a todos assim como sua mãe havia planejado. Aquela luz que brilhou mais que mil estrelas no céu e o barulho de mil trovões que se seguiu foram feitos por Lucy.

À medida que se lembrava, suas energias voltavam, e ela se sentia forte novamente. Lucy parou de chorar, e seu vestido se acendeu em uma chama viva de fogo azul, tão poderosa que obrigou Frederico a libertá-la.

— Você não vai machucar mais ninguém. Eu não tenho medo de você — disse Lucy, ainda dentro do campo de forças de Frederico.

— Lucy! Lucy! — gritou Tomás. — Nós encontramos a chave. Nós a encontramos!

Frederico se virou e olhou diretamente para o garoto com o prendedor de cabelo em suas mãos. O mago do mal ergueu sua mão em direção ao menino e preparou um raio de energia para jogar em sua direção, mas Tomás foi mais rápido e jogou a chave para Lucy com toda a sua força, ao mesmo tempo que Frederico o atingia com seu raio.

Lucy conseguiu pegar o prendedor de cabelo e, quando o segurou, ele também emitiu uma luz muito forte. Ela, então, prendeu a chave em seu vestido como um pingente.

A casa toda começou a tremer e a fazer um barulho muito alto. Estava prestes a cair. As paredes da casa estavam desabando, o chão estava afundando, e todos lá dentro, com exceção de Lucy e Frederico, estavam apavorados.

— Lucy, vamos embora! — gritou Linda. — A casa vai desmoronar.

Como num passe de mágica, Lucy fechou e abriu os olhos fazendo com que suas primas e seus amigos fossem transportados para o lado de fora da casa. Gustav e Linda tentaram correr para dentro novamente para salvá-la, mas havia um campo de força em volta da casa, que ela mesma havia criado agora.

Eles gritavam para que Lucy saísse de lá antes que a casa desabasse, mas ela estava segura.

— Me entregue a chave, criança! — ordenou Frederico.

— Nunca! Eu vou proteger a chave e o portal para o mundo de Harmonia, assim como minha mãe, e você nunca mais vai nos incomodar — exclamou a menina.

Lucy começou a brilhar com muita força, e não se podia ver nada do lado de dentro da casa por conta de tanta luz que ofuscava os olhos. Seus amigos gritavam do lado de fora para que ela saísse de dentro da casa, mas era inútil.

Frederico tentava atacá-la, mas não conseguia se mover. A energia do bom coração da garota impedia que a energia ruim se manifestasse, pois, no final, a luz será sempre a esperança de um novo dia.

Lucy andou bem devagar até o mago do mal e, surpreendendo a todos, lhe deu um abraço. O brilho do vestido tomou conta de toda a casa como havia acontecido no passado, e, quando todos abriram os olhos, Lucy estava em pé no meio da sala, sozinha. Frederico não se mexia, pois havia se transformado em uma estátua de pedra. Ela se voltou a seus amigos e disse:

— Acabou, estamos a salvo agora. Vamos buscar minha mãe!

Artes digitais produzidas pelo autor.